Über dieses Buch Ordnung geht Mr. Appleby über alles. Ordentlich und planvoll entledigt er sich auch in schöner Regelmäßigkeit der ihm angetrauten Frauen, sehr zum Nutzen seines Antiquitätenladens, den er mit dem stattlichen Erbe der jeweils Verblichenen immer wieder vor dem Bankrott bewahren kann. Ein Bettvorleger und ein Glas Wasser, mehr ist nicht vonnöten, um Mr. Appleby immer wieder von allen Sorgen zu befreien. Bis eines Tages ausgerechnet seine Pedanterie ihm zum Verhängnis wird... Spannend und mit hintergründiger Raffinesse erzählt Stanley Ellin, der »Meister des sanften Schreckens«, von diesem Mörder im Biedermann und fünf anderen haarsträubenden Kriminalfällen.

Der Autor Stanley Ellin, 1916 in New York geboren, gehört zu den schon klassischen amerikanischen Krimiautoren des 20. Jahrhunderts. Nach einer Kesselschmied-Lehre, dem Brooklyn-College und einem Studium verdiente er seinen Lebensunterhalt als Stahlarbeiter, bevor er hauptberuflich zu schreiben begann. 1946 erschien die Erzählung ›Die Spezialität des Hauses‹. Es folgten weitere Erzählungen und Romane. Siebenmal wurde er mit dem renommierten Edgar Allan Poe-Preis ausgezeichnet, 1975 erhielt er den französischen ›Grand Prix de Littérature Policière‹.
Im Fischer Taschenbuch Verlag erschienen außerdem: ›Das Kartenhaus‹ (Bd. 8114), ›Tod am Weihnachtsabend‹ (Bd. 8267); *in Vorbereitung*: ›Der Tag der Kugel‹ (Bd. 8295).

Stanley Ellin

Die geordnete Welt des Mr. Appleby

Kriminalstories

Aus dem Amerikanischen
von Arno Schmidt und
Kristin Wallstroem

Fischer
Taschenbuch
Verlag

Originalausgabe
Veröffentlicht im Fischer Taschenbuch Verlag GmbH,
Frankfurt am Main, Juli 1988

Lizenz mit freundlicher Genehmigung
des Scherz Verlages AG, Bern und München

Originaltitel in der Reihenfolge des Inhaltsverzeichnisses:
The Orderly World of Mr. Appleby / The Cat's Paw / The Moment of Decision
Titel der amerikanischen Originalausgabe: ›Mystery Stories‹

Die deutsche Übersetzung von Arno Schmidt erschien
unter dem Titel ›Sanfter Schrecken‹

The Blessington Method / Robert / You Can't Be a Little Girl All Your Life
Titel der amerikanischen Originalausgabe: ›The Blessington Method‹

Die deutsche Übersetzung von Kristin Wallstroem
erschien unter dem Titel ›Die Segensreich-Methode und andere seltsame Geschichten‹

Umschlaggestaltung: Rambow, Lienemeyer, van de Sand
Gesamtherstellung: Clausen & Bosse, Leck
Printed in Germany
ISBN 3-596-28286-1

Inhalt

Die geordnete Welt des Mr. Appleby Mister Appleby war ein kleiner, förmlicher Mann, der eine randlose Brille trug, sein bereits grauendes Haar in der Mitte scheitelte und ein gewisses gesetztes Vergnügen darin fand, immer wieder darauf hinzuweisen, daß in einem gebührend organisierten Leben für die Machenschaften des Zufalls kein Platz sei. Als er demnach den Zeitpunkt für gekommen erachtete, sich mit den wirksamsten Methoden zur Beseitigung seiner Gattin zu befassen, wußte er, wo er nachzusehen hatte.

Das Buch, eine Fachveröffentlichung über Gerichtsmedizin, fand er im Regal eines Antiquars, inmitten mehrerer Werke über den gleichen Gegenstand; und da sie, mit einer Ausnahme, sämtlich in einem betrüblich schäbigen und eselsohrigen Zustand waren, der ihn bis in sein tiefstes Inneres kränkte, wählte er eben jenes einzige, das sich noch in leidlich guter Verfassung befand. Die meisten der darin geschilderten Fälle waren, wie er bei näherer Untersuchung entdeckte, greuliche Studien in Wahnsinn und Wollust und deren Ergebnissen (alles ausgiebig illustriert) – hinreichend, um jeden anständigen Menschen in Staunen zu versetzen, ob der Anzahl der Ungeheuer, die unsere Erde so bewohnen. Ein Fall jedoch schien genau das zu sein, wonach er Ausschau hielt, und ihn machte er zum Gegenstand seiner intensivsten Studien.

Es war der Fall jener Frau X. (das ganze Buch wimmelte von Frauen X. und Herren Y. und Fräulein Z.), als deren Todesursache man zufälliges Ausrutschen auf einem Vorleger in ihrer Wohnung und unglückliches Hinstürzen gemutmaßt hatte. Der Rechtsanwalt jedoch, der die Interessen der allgemein beklagten Dahingeschiedenen vertrat, hatte den Gatten des Mordes beschuldigt und war eben bemüht gewesen, vor dem Untersuchungsrichter diese Beschuldigung zu begründen, als der Angeklagte unversehens die ganze Angelegenheit dadurch beilegte, daß er einen Herzschlag erlitt und tot umfiel.

Das alles war nun zwar von mäßigem Interesse für Mister Appleby, dessen Motiv – nämlich der Wunsch, in den unverzüglichen Besitz des Vermögens seiner Gattin zu gelangen – allerdings die frappanteste Ähnlichkeit mit dem Motiv hatte, das man seinerzeit dem Gatten jener Frau X. unterstellen wollte. Weit wichtiger waren ihm die praktischen Details des Falles. Frau X. war eben im Begriff gewesen, ihm ein Glas Wasser zu bringen, hatte ihr Gatte damals ausgesagt, als der Vorleger, wie Vorleger nun sind, ihr urplötzlich unter den Füßen wegrutschte.

Zur Widerlegung hatte der unermüdliche Gegenanwalt eine medizinische Autorität beigebracht, die an Hand von Zeichnungen (sämtlich in sauberen Reproduktionen dem Buche beigegeben) den Nachweis führte, daß es bei Entgegennahme des Wasserglases ein Kinderspiel für den Gatten hätte gewesen sein können, seiner Frau eine Hand unters Kinn, die andere ins Kreuz zu legen, und so, vermittels eines kurzen Ruckes, das gleiche drastische Resultat zu erzielen, wie das Ausrutschen auf einem Vorleger, und zwar ohne den geringsten Anhalt hinsichtlich der Natur seines Verbrechens zu hinterlassen.

Es sei ausdrücklich betont an dieser Stelle, daß Mister Appleby, wenn er diese Zeichnungen und Erläuterungen jetzt so unbarmherzig studierte, mitnichten die Rolle des gierigen Ehemannes spielte, der vor nichts zurückschreckt, um seine Gier zu befriedigen. Gewiß, was er brauchte, war Geld; aber es war Geld für die Erhaltung von etwas, was er als heilige Sache betrachtete. Und zwar war das der Laden, *Appleby, Antiquitäten*.

Der Laden war die Sonne in Mister Applebys Universum. Zwanzig Jahre zuvor hatte er ihn mit dem bißchen, was sein Vater ihm hinterließ, gekauft; und im besten Falle war es ein kümmerlicher Lebensunterhalt, den er daraus zog. Im schlimmsten Falle – und dieser schlimmste Fall war das übliche – hatte er sich gezwungen gesehen, den dürftigen Vorrat seiner Mutter an gutem Willen und

Kapital in Kontribution zu setzen. Da nun seine Mutter nicht zu denjenigen gehörte, die leichten Herzens auch nur einen Pfennig weggeben, bewirkte der Laden im Laufe der Zeit eine Reihe regelrechter Schlachten, aus denen er jedoch immer als Sieger hervorging – weil nämlich, in allerletzter Instanz, der Laden das für Mister Appleby war, was Mister Appleby für seine Mutter war.
Dies unglückliche Dreiecksverhältnis ging schließlich in Scherben durch den Tod seiner Mutter; worauf Mister Appleby prompt die Erfahrung machen mußte, daß jene eine weit größere Rolle bei Inganghaltung seiner geordneten kleinen Welt gespielt hatte, als ihm bisher bewußt geworden war. Und zwar nicht nur hinsichtlich des Geldes, das sie ihm gelegentlich gegeben hatte, sondern auch bezüglich seiner persönlichen Gepflogenheiten.
Zum Beispiel aß er nur behutsam und ganz leichte Kost; und seine Mutter war, was Brotrösten und die Bereitung untadeliger Mahlzeiten anbelangte, eine ausgesprochene Könnerin gewesen. Seine Nerven wurden aufs peinlichste erschüttert, wenn irgendein Gegenstand im Hause sich nicht an dem ihm zugewiesenen Fleck befand; und seine Mutter war die fleischgewordene Garantie dafür gewesen, daß ihm dergleichen erspart blieb. Infolgedessen hinterließ ihr Tod eine beträchtliche und unangenehme Lücke in seinem Dasein, und im Verfolg seiner Studien, diese auszufüllen, wurde er zur Erwägung einer etwaigen Ehe geführt und weiterhin zu einer solchen selbst.
Seine Gattin war eine blasse, schmallippige Frau und seiner Mutter in Aussehen und Gebärden derart ähnlich, daß er zuweilen, wenn sie ins Zimmer trat, ganz verblüfft darob war. Nur in einer Hinsicht ließ sie ihn im Stich: sie vermochte weder die Bedeutung des Ladens zu begreifen noch seine diesbezüglichen Gefühle. Das wurde offenbar, als er zum erstenmal das Thema eines kleinen Darlehens anschnitt, das ihn befähigen sollte, einige geschäftliche Ausgaben zu bestreiten. Frau Appleby war zwar auf gutem Wege gewesen, das Schicksal der ungepflückt am Strauch verwelkenden Rose zu erleiden, als ihr zukünftiger Gatte sie um ihre Hand bat; aber, um ihr Gerechtigkeit widerfahren zu lassen, nicht bloß die Aussicht, doch noch in den Stand der Ehe zu treten, war es, was sie bewogen hatte. Letztlich – wenngleich sie ob solch ungeschminkter Darlegung ihrer geheimsten Gedanken errötet sein würde –

waren es seine großen traurigen Augen hinter den randlosen Brillengläsern gewesen, die den Ausschlag gaben und die unverkennbar verborgene Gefühlstiefen, fein säuberlich in bürgerliche Achtbarkeit verhüllt, versprachen. Als sie dann, sehr bald nach der Hochzeit, einsehen mußte, daß jene verborgenen Tiefen anscheinend etwas zu gut verborgen waren, um von ihr jemals ergründet werden zu können, gab sie sich achselzuckend auch zufrieden und wandte sich mit leidlich guter Manier dem Brotrösten zu und der Bereitung seiner Mahlzeiten. Die Erkenntnis, daß es sich bei dem eindrucksvollen *Appleby, Antiquitäten,* um eine einwandfrei taube Nuß handelte, nahm sie freilich schon weit anders auf.

Sie stellte energisch ein paar Erkundigungen an und verkündete Mister Appleby dann mit einiger Hitze das Resultat: »Antiquitäten?!« sagte sie schrill. »Aber das ganze zusammengeschleppte Zeug ist ja nichts als ein Haufen Schrott und Plunder. Ein Verein von Ladenhütern, wertlose Staubfänger und sonst gar nichts!«

Was sie nicht begriff, war, daß eben diese Gegenstände, die dem krassen kaufmännischen Blick wertlos erscheinen mochten, für Mister Appleby den Urstoff des Lebens selbst darstellten. Der Laden war geradewegs aus der Manie seiner Kindheit entstanden, alles, was er nur an sich zu bringen vermochte, zu sammeln, zu sortieren, zu etikettieren und zu konservieren. Und der Wert jeglichen Gegenstandes in dem Laden wuchs proportional zu der Länge der Zeit, die er ihn besaß; ob es sich dabei um eine angeschlagene Sèvres-Imitation handelte, einen plump nachgemachten Chippendale oder einen verrosteten Säbel, war dabei ganz einerlei. Und jegliches Stück besaß auch seinen eigenen angestammten Platz, einen unverrückbaren, immerwährenden Platz, soweit dies in Mister Applebys Macht stand; und, so kurios es sich anhört, es war die aufrichtige Seelenangst, die er erfuhr, sobald er ein Stück aufgeben sollte, die zu den wenigen Verkäufen führte, die er tätigte. Der Kunde, der sich über den Wert noch im Zweifel war, brauchte ja nur einen Schimmer dieser Seelenangst zu erhaschen, um sofort überzeugt zu sein, daß er hier im Begriff wäre, ein glänzendes Geschäft zu machen. Es war ein Glück, daß kein Kunde auch nur einen Augenblick lang auf den Gedanken verfiel, es könnte die Vorstellung des leeren Fleckes sein, den der scheidende Gegenstand hinterließ – die von solcher Leere verursachte

kurze Unordnung – und nicht die Leidenschaft für den Gegenstand selbst, die Mister Applebys schmales Gesicht zu einer Maske des Schmerzes verzog.
Deshalb also, weil sie nicht begriff, schlug Frau Appleby solch unfreundlichen Kurs ein. »Meine Moneten kannst du mal kriegen, wenn ich tot und beerdigt bin«, sagte sie; »aber auch erst *wenn* ich tot und beerdigt bin.«
Dergestalt hatte sie sich törichterweise selbst vor Gericht gefordert, war zu leicht befunden worden, und es blieb nur noch übrig, das Urteil zu vollstrecken. Als die Zeit gekommen war, setzte Mister Appleby die Lektionen, die er seinem unschätzbaren Lehrbuch entnommen hatte, in die Tat um und erkannte sie in jeder Kleinigkeit als probat. Es war rasch vorbei, ruhig vorbei, und, abgesehen von einem Wasserspritzer auf seiner Hose, auch sauber vorbei. Der Arzt, der den Totenschein ausstellte, knurrte etwas von unbeschreiblichen Vorlegern, die im Jahre mehr Leben kosteten als betrunkene Autofahrer; der diensttuende Polizist machte sich freundlicherweise erbötig, nach Kräften behilflich zu sein, was die Anstalten zur Beerdigung betraf – das war eigentlich alles, was danach kam.
Und so leicht war es gegangen – wirklich, so ganz undramatisch –, daß erst eine volle Woche später, als ein gebührend teilnahmsvoller Anwalt ihm über den Vermögensstand seiner verstorbenen Gattin Bericht ablegte, Mister Appleby schlagartig die ganze großartige neue Welt von Möglichkeiten begriff, die sich da vor ihm aufgetan hatte.

Zuweilen muß der Besonnenheit das Übergewicht vor dem Gefühl zugestanden werden, und wenn Mister Appleby überhaupt etwas war, war er ein besonnener Mann. Sobald die Frage des Nachlasses seiner Gattin ins reine gebracht war, wurde der Laden weit von seiner ursprünglichen Stelle fort, in eine andere Gegend verlegt. Wurde, nach dem unerwarteten Ableben der zweiten Frau Appleby, neuerlich verlegt; und, nach Beseitigung der im Laufe der Zeiten sechsten Frau Appleby, waren diese Umzüge zum selbstverständlich-festen Bestandteil eines einträglichen Schemas geworden.
Ihrer äußerlichen Ähnlichkeit halber – waren sie doch alle blasse,

schmalgesichtige Frauen gewesen, mit zusammengepreßten Lippen; Künstlerinnen in bezug auf Kochen und Brotrösten und unerbittlich, was Pünktlichkeit und Ordnung anbelangt – neigte Mister Appleby unwillkürlich dazu, seiner verstorbenen Gattinnen ziemlich verschwommen, gewissermaßen *en masse* zu gedenken. Nur hinsichtlich einer Eigenschaft hielt er sie auseinander: der Stellenzahl, die das jeweilige Bankkonto betragen hatte. Aus diesem Grunde gedachte er der ersten beiden Frauen Appleby als Vierer, der dritten als einer Drei (eine unangenehme Überraschung) und der letzten drei als Fünfer. Der Gesamtbetrag würde, nach dem Maßstab jedes anderen, ein ganz hübsches Sümmchen bedeutet haben; da aber jegliche der nach und nach anfallenden Portionen sogleich von dem unersättlichen *Appleby, Antiquitäten*, verschlungen worden war – in ähnlicher Weise, wie eine hungrige Eidechse eine Fliege schnappt –, fand sich Mister Appleby, unmittelbar nach der Beerdigung der sechsten Frau Appleby, in größeren und dringenderen finanziellen Schwierigkeiten denn je. So verzweifelt waren seine Umstände, daß, ob er gleich von einer neuen Fünf träumte, er doch, und zwar auf der Stelle, auch mit einer Vier abgeschlossen hätte. In so günstigem Augenblick geschah es, daß Martha Sturgis in sein Leben trat; und nach fünfzehn Minuten Unterhaltung mit ihr verscheuchte er alle Gedanken an Vierer oder Fünfer aus seinem Gedächtnis.

Martha Sturgis war, wie es schien, eine Sechs!

Nun war es freilich nicht nur hinsichtlich des Umfangs ihres Vermögens, daß sie das Schema durchbrach, wie es sich an den Frauen von Mister Applebys früheren Erfahrungen herausgebildet hatte. Ungleich all ihnen war Martha Sturgis eine große, ziemlich aus der Form gegangene Frau, die nach Persönlichkeit, Kleidung und Benehmen fast (und Mister Appleby schauderte ein wenig vor dem bloßen Wort) schlampig genannt werden konnte. Die entfernte Möglichkeit bestand zwar, daß sie – entsprechend gefirnißt, aufgeschirrt, frisiert und angezogen – in etwas einigermaßen Repräsentables umgewandelt hätte werden können; aber allen Anzeichen nach war Martha Sturgis eher die Frau, die es absichtlich fertig bekam, all dergleichen Konventionen ein Schnippchen zu schlagen. Das Haar saß ihr wie nachlässig auf den Kopf gestülpt und war noch dazu aufs schockierendste Orangerot gefärbt; ihre pickligen Züge

waren unbekümmert gepudert und ihr Make-up denkbar unvorteilhaft; ihre Kleidung, unverkennbar nur vom Standpunkt der Bequemlichkeit ausgewählt, war gleichzeitig von augenschmerzender Grellheit; und ihr Schuhwerk legte Zeugnis von langem und genüßlichem Getragensein ab, ohne daß jedoch seiner Erhaltung die entsprechend gleiche Sorgfalt gewidmet worden wäre.
Von all dem und seiner Wirkung auf den Beschauer schien Martha Sturgis total ahnungslos. Sie schritt mit einer Energie durch *Appleby, Antiquitäten*, daß das, was an beweglichen Gegenständen vorhanden war, sich klirrend zu regen begann; sie rauchte ununterbrochen, ja zündete sich eine Zigarette an der anderen an, ob auch Mister Appleby die Luft vor seinem Gesicht noch so sehr fächelte und andeutungsweise hustete; und sie redete pausenlos, laut und mit einer tiefen, heiseren Stimme, die gar seltsam in einem Laden widerhallte, der doch die höheren, dünneren Töne so gewohnt war.
Während der ersten vierzehn Minuten ihrer Bekanntschaft war die einzige ihrer offen zur Schau getragenen Eigenschaften, die Mister Appleby vermochte, wenigstens ein Spürchen von seiner instinktiven Ablehnung nachzulassen, die Sorgfalt, mit der sie jeglichen Gegenstand taxierte. Sie untersuchte jeden, nahm ihn quasi einzeln ins Kreuzverhör und schätzte ihn ab, bevor sie mit unverhohlener Mißbilligung zum nächsten überging; und er wich ihr nicht von der Seite, obwohl mit der steigenden Zuversicht, daß er sie noch würde aus dem Laden hinausmanövrieren können, ehe seine Schätze oder seine Geduld ernstlich Schaden nähmen. Aber da, in der fünfzehnten Minute, fiel das Wort.
»Ich hab' zwar 'ne halbe Million Dollar auf der Bank«, merkte Martha Sturgis mit verächtlicher Heiterkeit an, »aber darauf war ich doch nicht gefaßt, daß ich jemals auch nur fünf Cent davon für solches Zeugs ausgeben würde.«
Mister Applebys Hand hatte sich gerade wieder vor seinem Gesicht befunden, zwecks Vorbereitung, etwas von dem Tabaksrauch, der ihn umwallte, beiseite zu fächeln. In der kurzen Zeitspanne, die diese Hand benötigte, um kraftlos an seiner Seite hinabzusinken, befaßte sich sein Geist mit einer erstaunlichen Anzahl von Problemen. Eines davon war etwa der wichtigste Finger ihrer linken Hand – er war ohne Ring; andere Probleme waren mehr

mathematischer Natur, größtenteils Wechsel von kurzer Laufzeit, Wechsel von langer Laufzeit, Schuldzinsen und Amortisationen betreffend. Zur Zeit, als die Hand wieder an seiner Seite herabhing, waren diese Probleme, was Mister Appleby anbelangt, auf dem besten Wege, ihrer Lösung entgegenzugehen.

Und es sei vermerkt, daß der Affäre insofern eine zusätzliche Würze beigemengt war, eben weil es sich bei Martha Sturgis um ein derartig liederliches und auffälliges Geschöpf handelte. Nachdem sie das Wort ausgesprochen hatte, würde ein anderer Mann sie vielleicht mit anderen Augen angesehen haben; etwa durch eine Art Schleier, den ein weiser Fotograf über die Linse seiner Kamera wirft, wenn ihm obliegt, das Porträt eines wohlhabenden, aber wenig einnehmenden Kunden zu gestalten. Mister Appleby dagegen, solcher Selbsttäuschung unfähig, wappnete sich lieber mit dem Gleichmut eines Mannes, der die beschwerliche Last auf seinem Rücken um des Vergnügens willen erträgt, die ihm das Ablegen derselben bereiten wird. Nicht nur also würde der Schlußakt einer Ehe mit Martha Sturgis bedeutsame mathematische Probleme lösen; sondern es würde gleichzeitig ein Akt sein, den er *con amore* zu Ende spielen könnte, als ein Mann, der die Welt von einem widrigen Gegenstande befreit.

Deshalb richtete er seine Augen, schwermütiger und leuchtender denn je, auf sie und sagte: »Es ist sehr betrüblich, Missis-ä ...«

Sie nannte ihm ihren Namen, mit nachdrücklicher Betonung des Miss davor, und Mister Appleby lächelte entschuldigend.

»Natürlich. – Wie ich bereits sagte: es ist sehr betrüblich, daß ein Mensch mit Bildung und Geschmack –« (das *wie Sie* schwang unausgesprochen, köstlich-äolsharfig in der Luft) »– niemals die Freude geschmeckt haben sollte, die der Besitz von Kunstwerken mit sich bringt. Aber, wie wir ja alle gelernt haben, zum Anfangen ist es nie zu spät, nicht wahr?«

Martha Sturgis sah ihn scharf an und lachte dann von Herzen – ein wahres Geblöke von Gelächter, das sein Trommelfell aufs schmerzlichste erdolchte. Einen Augenblick lang wunderte Mister Appleby (ein im allgemeinen wenig humorvoller Mann) sich dunkel, ob er etwa unbewußt etwas so außerordentlich Epigrammatisches geäußert hätte, daß es zwangsläufig diese alarmierende Wirkung hervorrufen mußte.

»Mein lieber Mann«, sagte Martha Sturgis, »falls Sie den Eindruck haben sollten, daß ich hergekommen bin, um den Anfang zu machen, mein Leben inmitten des Wirrwarrs Ihrer Mißgeburten hier zu verbringen, dann lassen Sie sich den Zahn ziehen. Ich bin lediglich deswegen hier, um ein Geschenk für eine Freundin zu kaufen, eine aufreizende und abgründig scheußliche Person, die zusätzlich noch nach Natur und Sinnesart einer Stange aus rostfreiem Stahl gleicht. Mir fällt keine bessere Art ein, ihr meine Gefühle ihr gegenüber kundzutun, als ihr irgendwas aus Ihrem Laden zu verehren; ich möchte sagen, es kommt fast alles hier in Frage. Wenn irgend zu machen, sähe ich außerdem noch gern die Ablieferung dergestalt eingerichtet, daß ich anwesend bin, wenn sie das Päckchen in Empfang nimmt.«
Mister Appleby schwankte unter dieser Attacke, sammelte sich jedoch tapfer wieder. »Unter solchen Umständen«, sagte er ebenso kopfschüttelnd wie fest, »ist das unmöglich. Ganz und gar unmöglich.«
»Unsinn«, sagte Martha Sturgis. »Wenn Sie sich keinen Rat damit wissen, nehme ich die Regelung der Ablieferung selbst in die Hand. Das sollten Sie aber doch wirklich verstehen, daß solche Unternehmungen nicht den rechten Spaß bereiten, wenn Sie nicht dabei sein und die Wirkung gleichzeitig beobachten können.«
Mister Appleby hielt seinen Unwillen mit Macht zurück. »Ich meinte mitnichten den Modus der Ablieferung«, sagte er. »Was ich klarzumachen mich bemühe, ist, daß ich nichts aus meinem Laden zu solchem Ende, in solcher Geisteshaltung, erstanden werden lassen kann. Und zwar um keinen Preis, den Sie auch nennen möchten.«
Martha Sturgis' massiver Unterkiefer klappte auf. »Was war das, was Sie da gesagt haben?« fragte sie verblüfft.
Es war ein gefahrvoller Moment, und Mister Appleby wußte das. Seine nächsten Worte konnten neuerlich einen jener schrecklichen Lachkrämpfe bei ihr bewirken, die seine totale Verheerung bedeuteten; oder, schlimmer noch, konnten sie für immer gradeswegs aus dem Laden treiben; konnten allerdings auch, jetzt und hier, den Ausschlag zu seinen Gunsten bringen. Aber es war ein Moment, dem ins Auge gesehen werden mußte; und, so

dachte Mister Appleby verzweifelt, was Martha Sturgis auch immer sein mochte, sie war schließlich eine Frau.
Er holte tief Luft. »Es ist einer der Geschäftsgrundsätze in meinem Laden hier«, sagte er dann ruhig, »nie etwas zu verkaufen, es sei denn, der betreffende Kunde wisse den Gegenstand, den er zu erstehen wünscht, voll zu würdigen und gebe also eine gewisse Bürgschaft dafür, daß jenem die Sorge und pflegliche Behandlung zuteil wird, die er verdient. Das ist stets einer der Geschäftsgrundsätze gewesen und wird es, solange ich hier bin, unveränderlich sein. Jede andere Einstellung als diese würde ich als Entweihung betrachten.«
Mit angehaltenem Atem beobachtete er Martha Sturgis. Nicht weit von ihr stand ein Stuhl, und sie sank schwer darauf nieder, so daß ihre weitgespreizten Schenkel ihr die Röcke breit strammzogen und die obszönen Schuhe sich erbarmungslos präsentierten. Sie zündete sich eine weitere Zigarette an, betrachtete ihn dabei durch die Streichholzflamme hindurch aus eng gewordenen Augenschlitzen und fächelte dann die Luft ein wenig, um die Rauchwolke zu zerteilen.
»Wissen Sie«, sagte sie, »das ist aber äußerst int'ressant. Darüber würd' ich doch gerne noch 'n bißchen mehr von Ihnen hören.«

Dem Unerfahrenen mag das Problem, einem völlig Fremden Informationen persönlichster Art zu entlocken, von bestürzender Schwierigkeit erscheinen; für Mister Appleby, dessen Interessen so oft von dergleichen Information entscheidend abhängig gewesen waren, war es überhaupt kein Problem. In kürzester Zeit hatte er sich vergewissert, daß Martha Sturgis' runde Schätzung ihres Vermögens völlig korrekt war; daß sie anscheinend ganz allein in der Welt stand, ohne Verwandte oder intime Freunde; und – daß sie dem Gedanken einer Heirat nicht abgeneigt war.
Speziell dies letztere holte er aus ihr im Verlauf ihrer nunmehr regelmäßigen Besuche seines Ladens heraus, während sie bequem auf einem Stuhl herumgrätschelte und endlose Unterhaltungen mit ihm führte. Ein beträchtlicher Teil dieser Unterhaltungen betraf ihren Vater, mit dem Mister Appleby anscheinend die tollste Ähnlichkeit besaß.
»Sogar angezogen ging er wie Sie«, sagte Martha Sturgis in tiefem

Sinnen. »Immer adrett, wie aus dem Ei gepellt, und nicht etwa bloß, was ihn selbst anbelangte. Jeden Tag unternahm er eine Inspektionstour durchs ganze Haus – marschierte durch sämtliche Räume und vergewisserte sich, daß jeder Gegenstand sich dort befand, wo er zu sein hatte. Und hat's durchgehalten bis zum Ende. Ich weiß noch, wie er, eine Stunde bevor er starb, rumlief und die Bilder an der Wand graderückte.«

Mister Appleby, der indessen mit einiger Gereiztheit immer wieder nach einem Bilde hinübervisiert hatte, das doch wohl leicht schief an der Wand seines Ladens hing, riß sich widerstrebend von dem Anblick los. »Und Sie sind bis an sein Ende um ihn gewesen?« fragte er teilnehmend.

»Das kann man wohl sagen.«

»Na aber«, sagte Mister Appleby aufmunternd, »für so ein Opfer hat man ja schließlich dann auch mal eine Belohnung verdient, wie? Besonders – ich hoffe, ich trete Ihnen damit nicht zu nahe, Miss Sturgis – wenn man in Betracht zieht, daß eine Frau wie Sie ja zweifellos und jederzeit die Wartung eines greisen Vaters hätte aufgeben und heiraten können. Ist das nicht so?«

Martha Sturgis seufzte. »Vielleicht ist es so; und vielleicht ist es auch nicht so. Ich will gar nicht leugnen, daß ich natürlich meine Träume gehabt habe. Aber dabei ist es auch geblieben, und wird, nehme ich an, immer dabei bleiben.«

»Warum das?« fragte Mister Appleby ermutigend.

»Weil«, erklärte Martha Sturgis düster, »ich noch nie dem Mann begegnet bin, der meinen Träumen entsprochen hätte. Ich bin kein einfältiges Schulmädchen, Mister Appleby; ich brauche nicht erst lange mich und mein Bankkonto zu vergleichen, um zu wissen, warum ein Mann sich mir gegebenenfalls widmen würde; und, ganz frei heraus gesagt, seine Beweggründe wären mir schließlich auch egal. Aber ein bescheidener, anständiger Mann müßte es sein; gewillt, jeglichen Augenblick seines künftigen Lebens mich zu umsorgen und auf Händen zu tragen; und überdem müßte dieser Mann so beschaffen sein, daß das Bild meines Vaters in ihm wieder lebendige Gestalt gewänne.«

Mister Appleby ließ seine Hand leicht auf ihrer Schulter ruhen. »Miss Sturgis«, sagte er ernst, »Sie können solch einem Mann doch immer noch begegnen.«

Sie schaute zu ihm auf, mit einem Gesicht, dessen Züge ihre Erregung noch gröber und noch weniger anziehend machte. »Meinen Sie, Mister Appleby?« fragte sie. »Glauben Sie das tatsächlich?«
Und Glaube strahlte aus Mister Applebys Augen, während er auf sie herniederlächelte. »Vielleicht ist er Ihnen bereits näher, als Sie sich vorzustellen wagen«, sagte er mit Wärme.
Erfahrung hatte Mister Appleby gelehrt, daß, wenn das Eis erst einmal gebrochen ist, das beste, was man tun kann, darin besteht, noch einmal tief Luft zu holen und sich dann kopfüber hineinzustürzen. Dementsprechend ließ er nur ganz wenige Tage noch verstreichen, bevor er seinen Antrag machte.
»Miss Sturgis«, hob er an, »für jeden einsamen Mann kommt einmal die Stunde, wo er seine Einsamkeit nicht länger zu ertragen vermag. Und wenn er zu dieser Stunde dann das Glück hat, der einen Frau zu begegnen, der er rückhaltlos all seine Achtung, all seine zarteren Gefühle schenken möchte – wahrlich, ein solcher Mann ist glücklich zu nennen. Miss Sturgis: ich bin in der Lage dieses Mannes.«
»Aber, Mister Appleby!« sagte Martha Sturgis, nicht ohne ein wenig zu erröten. »Das ist wirklich sehr nett von Ihnen, aber...«
Bei ihrem ausgesprochen unentschlossenen Ton sank ihm das Herz. »Warten Sie!« unterbrach er sie voller Hast. »Falls Sie irgendwelche Zweifel hegen sollten, Miss Sturgis, sprechen Sie sie bitte jetzt frei und offen aus, so daß ich sie notfalls beantworten kann. In Anbetracht meiner dargelegten seelischen Verfassung wäre das ja ein Gebot der Fairneß, wie?«
»Ja, das ist wohl richtig«, sagte Martha Sturgis. »Sehen Sie, Mister Appleby, ich würde lieber überhaupt nicht heiraten, als mich in die Gefahr zu begeben, dann einen zu erwischen, der nicht gewillt wäre, mir haarklein das zu geben, was ich mir von einer Ehe erwarte: absolute, unumschränkte Hingebung für den Rest meiner Tage.«
»Miss Sturgis«, sagte Mister Appleby feierlich, »ich bin bereit, Ihnen nicht weniger als das zu geben.«
»Das sprechen Männer immer so leichthin aus«, seufzte sie. »Aber – nun, ich will es mir überlegen; bestimmt, Mister Appleby.«
Die traurige Aussicht, unbestimmte Zeiten hindurch zu warten, bis eine Frau von derart unordentlichen Gepflogenheiten sich zu

einer Entscheidung aufraffte, wurde nicht eben dadurch erleichtert, daß Mister Appleby wenige Tage darauf unerwartet ein Schreiben empfing, in dem Gainsborough, Gainsborough & Golding, Rechtsanwälte und Notare, ihn ebenso höflich wie dringend zu einem Besuch in ihren Büroräumen aufforderten. Mit seiner Gläubigerschar auf den Fersen, die immer enger aufschloß, wie ein Rudel Wölfe, konnte Mister Appleby nur auf das Schlimmste gefaßt sein und war folglich desto angenehmer überrascht, als sich bei seiner Ankunft bei Gainsborough, Gainsborough & Golding herausstellte, daß diese mitnichten seine Gläubiger, sondern vielmehr Martha Sturgis selbst repräsentierten.
Der ältere Gainsborough, unverkennbar der eigentliche leitende Geist der Firma, war ein kurzer, unsagbar fetter Herr, mit wabbelnden Hängebacken, vor denen sein steifer Kragen fast gänzlich unsichtbar war, und großen fischigen Sehorganen, aus denen er Mister Appleby trübe anbrillte. Der jüngere Gainsborough war eine Dublette seines Bruders, die Backen noch nicht ganz so pompös, während es sich bei Golding um einen teilnahmslos jungen Mann mit allerdings sehr scharfgeschnittenem Gesicht handelte.
»Wir haben hier«, sagte der ältere Gainsborough, die glasigen Augen auf Mister Appleby richtend, »eine etwas delikate Angelegenheit. Miss Sturgis, eine unserer geschätzten Klientinnen –« der jüngere Gainsborough nickte an dieser Stelle – »hat uns davon gesprochen, mit Ihnen, Sir, gegebenenfalls die Ehe einzugehen.«
Mister Appleby, der steif auf seinem Stuhle gesessen hatte, verspürte eine angenehm prickelnde Erregung. »Ja?« sagte er. »Und«, fuhr der ältere Gainsborough fort, »während Miss Sturgis völlig einzuräumen gewillt ist, daß in den Augen jeglichen Bewerbers der eigentlich anziehende Gegenstand ihr Vermögen sein könnte –« er hob die plumpe Hand, um Mister Applebys entrüsteten Protest sogleich im Keime zu ersticken – »so wäre sie doch gleichzeitig gewillt, über diesen strittigen Punkt hinwegzusehen –«
»Ihn zu ignorieren, außer acht zu lassen«, sagte der jüngere Gainsborough ernst.
». . . falls der betreffende Bewerber bereit sein sollte, all ihre anderweitigen Erwartungen von einer Ehe zu erfüllen.«
»Das bin ich«, sagte Mister Appleby voller Inbrunst.

»Mister Appleby«, fragte der ältere Gainsborough ohne Übergang, »waren Sie früher schon einmal verheiratet?«
Mister Appleby überlegte in aller Schnelle. Ableugnen würde aus jeder zufälligen Äußerung über seine Vergangenheit eine tödliche Falle machen können, während ein Eingeständnis andererseits die Sicherstellung hiergegen bedeutete, und zwar eine durchaus ehrbare.
»Jawohl«, sagte er.
»Geschieden?«
»Um Gottes willen, nein!« entfuhr es Mister Appleby mit ungekünstelter Abscheu.
Die Gainsboroughs sahen einander beifällig an. »Gut«, sagte der ältere, »sehr gut. Vielleicht ist Ihnen meine Frage zudringlich erschienen, Mister Appleby, aber in diesen Tagen sittlicher Verwilderung...«
»Ich lege in dieser Beziehung Wert auf die Feststellung«, sagte Mister Appleby standhaft, »daß ich von sittlicher Verwilderung so weit entfernt bin, wie ein Mensch nur immer sein kann. Tabak, alkoholische Getränke und auch – ä –«
»Lose Mädchen«, ergänzte der jüngere Gainsborough knapp. »Jawohl«, sagte Mister Appleby errötend, »– sind unbekannte Dinge für mich.«
Der ältere Gainsborough nickte. »Auf jeden Fall«, sagte er, »möchte Miss Sturgis keine übereilte Entscheidung treffen. Immerhin wird sie binnen Monatsfrist die Antwort für Sie bereit halten. Während dieser Zeit nun – falls Sie den Rat eines alten Mannes nicht übelnehmen – würde ich vorschlagen, daß Sie sie aufs unverdrossenste umwerben. Sie ist schließlich eine Frau, Mister Appleby, und ich könnte mir vorstellen, daß alle Frauen sich so ziemlich gleichen.«
»Ich möchte es mir vorstellen«, bestätigte Mister Appleby.
»Hingebung«, sagte der jüngere Gainsborough. »Beständigkeit. Das ist die Losung jetzt.«
Was man von ihm verlangte, bedeutete also mit dürren Worten (wie sich Mister Appleby in einem seiner stillen Augenblicke überlegte), seinen Laden und die geordnete Welt, die dieser repräsentierte, zu vernachlässigen und an dessen Stelle die wenig reizvolle Gestalt Martha Sturgis' zu setzen. Gewiß, es handelte sich

dabei um eine vorübergehende Maßnahme; um eine, die reichen Lohn eintragen würde, wenn Martha Sturgis ihm erst einmal offiziell angetraut und den Weg der früheren Frauen Appleby gegangen sein würde, aber sie wurde ihm durch den zwangsläufig vertrauten Umgang mit dieser Frau in keiner Hinsicht erleichtert. Es trat unvermeidlich der Fall ein, daß Mister Appleby, der die ganze Transaktion ja nicht nur vom Gesichtspunkt des künftigen Bräutigams, sondern auch, sozusagen, von dem des künftigen Witwers aus betrachtete, immer wieder die Zähne zusammenbeißen mußte, ob der unbewußten Ironie, die sich bei so vielen ihrer endlos-langweiligen Diskussionen über Heirat und Ehe ergab.

»So, wie ich die Sache ansehe«, erklärte Martha Sturgis einmal, »wird sich ein Mann, der sich erst einmal von einer Frau scheiden läßt, notfalls auch von allen anderen Frauen scheiden lassen, die er jemals heiraten sollte. Sehen Sie sich doch die ganzen zerrütteten Ehen heutzutage an, und ich möchte wetten, daß in praktisch jedem Fall ein Ehemann dahintersteckt, der von einer zur andern läuft und niemals das findet, was er sich einbildet. – Der Mann, den *ich* einmal heiraten sollte«, setzte sie mit Nachdruck hinzu, »muß gewillt sein, endgültig zur Ruhe zu kommen und fürderhin auch ruhig zu bleiben.«

»Aber selbstverständlich«, sagte Mister Appleby.

»Ich habe gehört«, informierte Martha Sturgis ihn im Laufe eines anderen und besonders angreifenden Tête-à-tête, »daß eine glückliche und zufriedene Ehe die Lebensdauer einer Frau verlängern soll. Das wäre ja ein wunderbarer Grund zu heiraten, meinen Sie nicht?«

»Aber selbstverständlich«, sagte Mister Appleby.

Es schien ihm, daß während jenes Prüfungsmonats sein Anteil an der Unterhaltung sich so ziemlich auf diese eine Wendung »aber selbstverständlich« beschränkte, bestenfalls mit verschiedener Betonung ausgesprochen; aber richtig mußte seine Taktik wohl gewesen sein, da ihm nach Ablauf des Monats die Erlaubnis wurde, anstatt dieser Formel ein »Ja« auszusprechen, anläßlich einer Trauzeremonie, bei der Gainsborough, Gainsborough & Golding ihre einzigen Gäste waren.

Unmittelbar danach wurde Mister Appleby (zu seinem Mißbehagen) mitsamt Braut ins Atelier eines Fotografen geschleppt, wo

unter Aufsicht des hartnäckigen Golding unzählige Aufnahmen von ihnen gemacht wurden, wonach dann endlich Mister Appleby (zu seinem Entzücken) mit seiner Gattin gewisse Dokumente tauschte, in denen sie einander zum Universalerben all ihrer Besitztümer, liegenden Gründe, beweglichen Habseligkeiten, *und so weiter und so weiter*, einsetzten.
Wenn Mister Appleby während solcher Festlichkeiten gelegentlich etwas zerstreut gewirkt hatte, so war der Grund dafür lediglich der, daß er im Geiste bereits säuberlich das Programm der bevorstehenden Ereignisse entwarf. Jener Vorleger (derselbe, der schon anläßlich sechs voraufgegangener Episoden so gute Dienste geleistet hatte) mußte ausgelegt werden, und dann würde der Moment kommen, wo er um ein Glas Wasser bitten würde, wo er eine Hand auf ihre Schulter legen würde, und mit der anderen ... Der betreffende Moment konnte natürlich nicht stattfinden, ehe nicht eine angemessene Zeit verstrichen war; andererseits konnte er, angesichts des Druckes, den des Ladens gierige Gläubiger ausübten, wiederum auch nicht allzuweit hinausgeschoben werden. Während er dem Federhalter zuschaute, wie er in der Hand seiner Gattin deren Testament unterzeichnete, gelangte er zu dem Resultat, daß dieser Zeitpunkt eigentlich in einigen wenigen Wochen gekommen sein müßte. Sobald er einmal im Besitz des Testamentes war, würde es ja keinen Sinn weiter haben, noch lange darüber hinaus zu warten.
Bevor jedoch die erste jener Wochen um war, wußte Mister Appleby, daß selbst dieser Voranschlag einer drastischen Revision zu unterwerfen sei. Es gab überhaupt keinen Zweifel darüber: er war platterdings nicht imstande, es auf längere Zeit mit seiner Angetrauten aufzunehmen.
Um nur eines zu erwähnen: ihr Heim (nunmehr auch das seine), ein Labyrinth aus Braunstein gewölbt, von ihrer Mutter ererbt, war ein Alpdruck an Unordnung. In jeglichem Raum hatte sich ein unglaublicher Wust von Gegenständen angehäuft; vielleicht auf Grund der Maxime, daß alles, was man gelegentlich beiseite geworfen oder fallen gelassen hatte, des Aufhebens nicht wert sei, da es das nächste Mal ja doch wieder fallen gelassen würde. Und der Inhalt überquellender Schränke und Schubladen wurde rücksichtslos umgetauscht, verlegt, oder auch zum allgemeinen Tohu-

wabohu hinzugeworfen; und über allem lag eine dünne Staubschicht. Auf Mister Applebys empfindliches Nervensystem hatte dergleichen den Effekt, wie wenn ein Fingernagel schrillend über eine endlose Wandtafel gezogen wird.

Die einzige häusliche Aufgabe, der, wie sich herausstellte, Frau Appleby oblag, war gerade die, von der ihr Gatte inbrünstig wünschte, sie möge sie sich sparen. Kochen war anscheinend ihre Leidenschaft; und während der Mahlzeiten pflegte sie ohne Ende zwischen Küche und Eßzimmer hin und her zu schlurfen, mit Gerichten beladen, von deren Existenz Mister Appleby bisher nichts gewußt hatte.

Schon beim ersten schwächlichen Protest seinerseits hatte seine Gattin sich die Mühe genommen, ihm in unmißverständlichen Ausdrücken zu bedeuten, daß sie, was ihre Kochkunst anbelange, ausgesprochen empfindlich gegen kritische Bemerkungen sei, wozu auch die stumme Kritik eines nur halb geleerten Tellers gehöre; worauf Mister Appleby, der sich ohne Hoffnung durch rare Fleischsorten, fette Soßen und schwerste Backwerke hindurcharbeiten mußte, zu all seinen anderweitigen Sorgen auch noch unaufhörliche Verdauungsbeschwerden zu erdulden hatte. Und seine Qualen wurden dadurch nicht erleichtert, daß seine Frau beharrlich darauf bestand, daß er sich ob ihrer Kunstfertigkeit als starker Esser erweise. Sie schob ihm Teller auf Teller, hochbeladen mit Unverdaulichkeiten, unter die zitternden Nasenflügel; und Mister Appleby – ungefähr mit dem Gefühl eines Märtyrers, der der Löwenschar gegenübertritt – füllte mit den Portionen einen Verdauungstrakt, der nach einfacher Kost, gehörig gekocht oder geröstet, förmlich schrie.

Sie wurde zu einem seiner liebsten Wachträume, die Ausmalung der Szene, wenn er von der Beerdigung heimkehren würde, zu einem Abendbrot, das aus heißem Tee und Toast bestehen würde und, vielleicht, auch noch aus einem weichgekochten Ei. Aber selbst dies Gedankenspiel und dessen Fortsetzung – nämlich wie er sich anschickte, Ordnung im Hause zu schaffen – war nicht hinreichend, ihn jeden Tag aufzuheitern, wenn er aufwachte und sich vorstellte, was heute wieder vor ihm lag.

Jeder Tag fand seine Gattin dringlicher bezüglich Aufmerksamkeiten, die er ihr erweisen sollte. Und an jenem Tage, da sie ihn unverhohlen tadelte, daß er dem Laden mehr solcher Aufmerksamkeiten widme denn ihr, wußte Mister Appleby, daß die Zeit gekommen sei, den Schlußakt vorzubereiten. Noch am selben Abend brachte er den Vorleger mit nach Hause und placierte ihn sorgfältig zwischen Eßzimmer und dem Korridor, der zur Küche hin führte. Martha Appleby sah ihm zu, ohne sonderliche Begeisterung zu zeigen.

»Du, das Ding sieht aber ausgesprochen schäbig aus«, sagte sie. »Was soll'n das sein, Äppel? Was Antikes oder so?«

Sie hatte sich neuerdings angewöhnt, ihn bei diesem grauslichen Namen zu rufen, und schien voll heiterer Ahnungslosigkeit ganz zu übersehen, wie er jedesmal dabei zusammenzuckte. Auch jetzt zuckte er wieder zusammen.

»Etwas Antikes nicht direkt«, gestand Mister Appleby zu, »aber mir dennoch aus vielen Gründen teuer. Das Stück hat großen Erinnerungswert für mich.«

Frau Appleby lächelte ihm zärtlich zu: »Und du hast's für mich mitgebracht, ja?«

»Jawohl«, sagte Mister Appleby. »Für dich.«

»Du bist'n lieber Kerl«, sagte Frau Appleby. »Tatsächlich.«

Als er ihr so nachsah, wie sie auf unordentlichen Füßen über den Vorleger weg zum Telefon hinlatschte, das sich auf einem kleinen Tischchen am anderen Ende des Korridors befand, spielte Mister Appleby mit der Idee, ob er – da sie jeglichen Abend, ungefähr um dieselbe Zeit immer, das Telefon zu benutzen pflegte – den Unfall etwa auf diese Zeit festsetzen könne? Die Vorteile lagen auf der Hand: da besagte Anrufe das einzige zu sein schienen, was sie mit einer gewissen Regelmäßigkeit innehielt, würde sie den Vorleger zu einer bestimmten Zeit passieren, und er könnte sich schon bereitstellen, um die Angelegenheit zum Abschluß zu bringen. Immerhin, dachte Mister Appleby, während er seine Brille putzte, würde sich unter diesen neuen Umständen dann wiederum das Problem erheben, wie er sich ihr am besten nähern könnte. Nein, die bewährten und erprobten Methoden waren schon die besten; dennoch, falls man den Telefonanruf und jenes Glas Wasser synchronisieren könnte...

»Einen Penny für das, was du jetzt gerade denkst, Äppel«, sagte

Frau Appleby weiter. Sie hatte den Hörer aufgelegt und den Korridor durchquert, so daß sie just breit auf dem Vorleger stand. Mister Appleby setzte seine Brille wieder auf und sah sie durch die Gläser hindurch scharf an.
»Ich möchte«, sagte er streitsüchtig, »du redest mich nicht immer mit diesem scheußlichen Namen an. Du weißt genau, daß er mich anwidert.«
»Unsinn«, erwiderte ihm die Gattin kurz. »Ich finde ihn fesch.«
»Ich nicht.«
»Mir gefällt er jedenfalls«, sagte Frau Appleby, mit der Miene einer, die eine Sache ein für allemal abgetan hat. »Zumindest«, und sie machte ein Schmollmündchen, »ist es wohl schwerlich gerade das gewesen, woran du dachtest, bevor ich dich ansprach, oder?«
Mister Appleby mußte auf einmal denken, daß dieses dicke, ungepflegte Frauenzimmer, wenn sie ihr Schnutchen machte, an nichts so sehr erinnerte wie an eine Wachspuppe, die Zeit und anhaltender Gebrauch arg mitgenommen haben. Aber er schob den Einfall beiseite, um eine passende Antwort zu formulieren. »Zufälligerweise traf es sich so«, sagte er, »daß ich vielmehr des schmählichen Zustandes meiner Gewandung gedachte. Muß ich dich nochmals daran erinnern, daß praktisch an jeglichem meiner Bekleidungsstücke Knöpfe fehlen?«
Frau Appleby gähnte ausgiebig. »Früher oder später mach ich mich mal dran.«
»Morgen etwa?«
»Das bezweifle ich«, sagte Frau Appleby. Sie wandte sich der Treppe zu. »Komm schlafen, Äppel. Ich bin todmüde.« Mister Appleby folgte ihr, tief in Gedanken. Morgen, er wußte es, würde er einen seiner Anzüge zum Schneider schaffen müssen, wenn er etwas Ordentliches haben wollte, das er zur Beerdigung anziehen könnte.

Er hatte den betreffenden Anzug mit nach Hause gebracht und ihn säuberlich weggehängt; er hatte sein Abendbrot verzehrt; er hatte im Wohnzimmer gesessen und der heiseren Stimme seiner Gattin zugehorcht, wie sie scheinbar endlos stundenlang so dahinzuplätschern schien, obgleich der Uhrzeiger noch nicht einmal ganz auf neun wies.

Jetzt sah er, in steigender Erregung, wie sie sich langsam von ihrem Stuhl lüftete und das Zimmer in Richtung Korridor durchquerte. Als sie nach dem Telefon langte, räusperte Mister Appleby sich scharf die Stimme frei. »Wenn's dir nichts ausmacht«, sagte er, »hätte ich ganz gern ein Glas Wasser.«
Frau Appleby drehte sich um und sah ihn an. »'n Glas Wasser?«
»Wenn's dir nichts ausmacht«, sagte Mister Appleby, und sah ihr zu, wie sie erst zögerte, dann den Hörer hinlegte und sich der Küchentür zuwandte. Dann vernahm man aus der Küche das Geräusch, wie wenn ein Glas ausgespült wird; und dann kam Frau Appleby auf ihn zu und hielt es ihm hin. Er legte ihr anerkennend eine Hand auf die volle Schulter und hob schon die andere, wie um ihr eine unordentliche Haarsträhne aus dem Gesicht zu streichen. »Ist es bei all den andern auch so vor sich gegangen?« sagte Frau Appleby ruhig.
Mister Appleby fühlte, wie sein Arm mitten in der Luft erstarrte und Eiseskälte aus ihm herabrann bis ins innerste Mark. »Andere?« brachte er noch fertig zu sagen. »Was für andere?« Seine Gattin lächelte ihm grimmig zu, und er sah, daß das Glas Wasser in ihrer Hand vollständig ruhig war. »Sechs andere«, sagte sie. »Das heißt, meiner Rechnung nach sechs. Oder wie? Waren's etwa noch mehr?«
»Nein«, sagte er und riß sich dann mit Gewalt zusammen. »Ich verstehe nicht, wovon du redest!«
»Liebster Äppel. Du hast doch bestimmt sechs Gattinnen nicht so ohne weiteres vergessen können. Es sei denn, daß ich allmählich so viel Bedeutung für dich gewonnen hätte, daß du einfach keinen Gedanken mehr für die anderen übrig hast – das wäre natürlich dann 'ne ganz herzige Sache, wie?«
»Ich *war* früher bereits verheiratet«, sagte Mister Appleby laut. »Ich habe das selbst unmißverständlich betont. Aber dieses Gerede jetzt von *sechs* Frauen ...!«
»Aber selbstverständlich bist du früher verheiratet gewesen, Äppel. Und es war auch kinderleicht, rauszufinden mit wem – und genauso kinderleicht war es, rauszufinden, mit wem vorher noch – und mit allen andern. Oder wer deine Mutter gewesen ist, wo du zur Schule gegangen bist oder wo du geboren wurdest. Du

siehst, Äppel: Mister Gainsborough ist tatsächlich 'n sehr tüchtiger Mann.«
»Demnach ist es also Gainsborough gewesen, der dich zu all dem angestiftet hat!«
»Aber nicht im geringsten, du armes dummes Würstchen«, erwiderte seine Gattin verächtlich. »Während der ganzen Zeit, wo du deine Plänchen schmiedetest, habe ich sie im selben Tempo wieder entschmiedet. Von dem Augenblick an, wo ich dich das erstemal sah, habe ich dich sofort als das erkannt, was du bist. Überrascht dich das?«
Mister Appleby versuchte den Schock des Mannes zu überwinden, der einen Zweig aufheben wollte und plötzlich eine Giftschlange in seiner Hand sieht. »Wie hast du das wissen können?« keuchte er.
»Weil du das genaue Ebenbild meines Vaters warst. Weil du bis auf die geringste Kleinigkeit – die Art, wie du dich anziehst; deine unerträgliche Ordentlichkeit; deine pedantische Eingebildetheit; die kleinen moralischen Lektiönchen, die du so gern erteilst – haargenau das bist, was er war. Und mein ganzes Leben lang habe ich ihn gehaßt für das, was er war und was er meiner Mutter dadurch angetan hat. Er hat sie geheiratet um ihres Geldes willen, hat ihr jeglichen ihrer Tage zum Alptraum gemacht, und hat sie, ob dessen, was von ihrem Vermögen schließlich noch übrig war, am Ende umgebracht.«
»Umgebracht?« fragte Mister Appleby wie betäubt.
»Oh, komm doch«, sagte seine Gattin scharf. »Denkst du etwa, du wärst der einzige Mann, der jemals dazu fähig gewesen ist? Jawohl, umgebracht hat er sie – ermordet, wenn du den Ausdruck vorziehst –, indem er sie um ein Glas Wasser bat, und ihr dann, als sie es ihm hingab, das Genick gebrochen hat. Eine Methode, ganz seltsam ähnlich der deinigen, nicht wahr?«
Noch weigerte sich Mister Appleby, in dessen Geist die unglaubliche Erklärung bereits Gestalt zu gewinnen begann, sie zu akzeptieren. »Was ist mit ihm geworden?« wollte er wissen. »Sag, was ist aus ihm geworden! Hat man ihn gefaßt?«
»Nein, gefaßt hat man ihn nie. Es gab zwar keine Zeugen für seine Tat, aber Mister Gainsborough war bereits der Anwalt meiner Mutter gewesen und ihr guter Freund dazu. Er schöpfte Verdacht

und verlangte eine Untersuchung. Brachte auch bei dieser Untersuchung einen Arzt bei, der darlegte, wie mein Vater sie sehr wohl töten und dabei gleichzeitig den Anschein hätte erwecken können, als sei sie auf dem Vorleger ausgerutscht. Aber bevor noch irgendein Urteil gefällt werden konnte, erlitt mein Vater einen Herzanfall und starb.«

»Das war der Fall – der Fall, von dem ich las!« ächzte Mister Appleby und wurde dann still vor dem sardonischen Lächeln seiner Gattin.

»Nachdem er abgekratzt war«, fuhr sie unerbittlich fort, »schwor ich mir, eines Tages einen Mann, genau wie ihn selbst, aufzutreiben; und diesem Mann dann das Leben zu bereiten, das mein Vater verdient gehabt hätte. Ich würde ja die geringste seiner Gepflogenheiten kennen, und seine Geschmäcker bis ins kleinste, und nicht eine davon sollte jemals befriedigt werden. Ich würde ja wissen, daß er mich lediglich um meines Geldes willen geheiratet hätte, und er würde keinen Heller davon zu sehen bekommen, bevor ich nicht tot und unter der Erde wäre, und das würde eine lange, lange Zeit dauern; denn er würde sein Leben damit verbringen, dafür zu sorgen, daß ich meinerseits mein Leben gemächlich zu Ende lebte, bis zum allerletzten Atemzug.« Mister Appleby nahm jetzt seinen Verstand wieder zusammen und gewahrte, daß sie trotz ihrer Aufregung noch in derselben Stellung verharrte. »Wie wolltest du ihn dazu zwingen können?« erkundigte er sich sanft und kam einen Zollbreit näher.

»Das klingt merkwürdig, was, Äppel?« bemerkte sie. »Aber schwerlich so merkwürdig wie jener Umstand, daß deine sechs Frauen sämtlich daran starben, weil sie auf einem Vorleger ausrutschten – so einem, wie der hier –, während sie dir ein Glas Wasser brachten – so eins, wie das hier. So merkwürdig ist das, daß Mister Gainsborough zu der Bemerkung veranlaßt wurde, wie allzu häufig wiederkehrende Zufälle einen Mann schließlich auch mit Sicherheit an den Galgen bringen. Zumal falls Grund vorliegen sollte, sie im Laufe eines Verfahrens wegen Mordes an den Tag zu bringen.«

Mister Appleby empfand plötzlich seinen Kragen als unerträglich beengend. »Das beantwortet meine Frage noch nicht«, sagte er verschlagen. »Wieso wolltest du sicher sein, daß ich mein Leben

der Aufgabe widmen müßte, das deinige möglichst zu verlängern?«
»Ein Mann, der eine Frau hat, in deren Macht es steht, ihn jederzeit hängen zu lassen, sollte das aber doch ganz klar einsehen.«
»Nein«, sagte Mister Appleby in ersticktem Ton, »ich sehe lediglich das eine ein, daß ein solcher Mann gezwungen wäre, sich seiner Gattin so schnell wie möglich zu entledigen.«
»Aha, aber hier ist eben der Punkt, wo die Maßnahmen einsetzen.«
»Maßnahmen? Was für Maßnahmen?« heischte Mister Appleby.
»Ich will sie dir von Herzen gern erklären«, sagte seine Frau. »Ich sehe sogar ein, daß der Zeitpunkt gekommen ist, wo es unumgänglich nötig wird, das zu tun. Aber ich finde es unbequem, dabei hier so stehen zu bleiben.«
»Mach dir da nichts draus«, sagte Mister Appleby ungeduldig, und seine Frau zuckte die Achseln.
»Von mir aus«, sagte sie kalt. »Mister Gainsborough also ist inzwischen im Besitz sämtlicher Urkunden über deine Heiraten – die Art, wie jene früheren Sterbefälle sich zutrugen, die Art, wie du jedesmal die Vermächtnisse genau im richtigen Moment in die Finger bekamst, um die Schulden deines Ladens begleichen zu können.
Weiterhin besitzt er ein Schreiben von mir, in welchem steht, daß im Falle meines Ablebens sofortige Untersuchungen einzuleiten und alle erforderlichen Maßnahmen zu treffen sind. Mister Gainsborough ist wirklich sehr tüchtig: die Fingerabdrücke und Aufnahmen...«
»Fingerabdrücke und Aufnahmen?!« rief Mister Appleby.
»Aber sicher. Nach meines Vaters Tode stellte sich heraus, daß er schon alle Vorbereitungen für eine etwaige schnelle Auslandsreise getroffen hatte. Mister Gainsborough hat mir versichert, daß du – falls du dergleichen Ideen etwa auch hegen solltest – sie getrost fallenlassen dürftest. Ganz gleich, wo du dich aufhieltest, hat er gesagt, es würde eine Kleinigkeit sein, dich wieder zurückzuholen.«
»Was verlangst du von mir?« fragte Mister Appleby stumpf. »Du erwartest ja bestimmt nicht, daß ich nun bei dir bleibe, und –«

»Aber doch, ja, genau. Und da wir nun einmal bis zu dem Punkt gelangt sind, kann ich dich ja auch gleich davon informieren: ich erwarte, daß du deinen unnützen Laden sofort und ein für allemal aufgibst und es dir zur Pflicht machst, den ganzen Tag bei mir zu Hause zu verbringen.«

»Den Laden aufgeben!« rief er aus.

»Äppel, du mußt immer im Auge behalten, daß ich in dem erwähnten Brief, wo ich im Falle meines Todes eine umfassende Untersuchung angeordnet habe, keine bestimmte Todesart angab. Ich mache mich gefaßt auf ein langes genüßliches Leben, immer mit dir an meiner Seite; und vielleicht – aber merke wohl, ich sage nur *vielleicht* – könnte ich mich eines schönen Tages ja veranlaßt sehen, jenen Brief und das gesamte Beweismaterial in deine Hände zu legen. Da siehst du doch nun ein, wie sehr es in deinem Interesse liegen wird, aufs sorglichste über mich zu wachen.«

Jäh und heftig begann ein Schrillen – das Telefon; und Frau Appleby nickte ihm zu. »Fast ebenso sorglich«, sagte sie sanft, »wie Mister Gainsborough selbst: wenn ich ihn nicht allabendlich um neun Uhr anrufe und ihm bestätige, daß ich wohlauf und glücklich bin, wird er auf der Stelle die folgenschwersten Konsequenzen daraus ziehen.«

»Moment«, sagte Mister Appleby. Er nahm den Hörer auf, und die Stimme im Apparat war nicht zu verkennen.

»Hallo«, hörte man den älteren Gainsborough. »Hallo, Frau Appleby?«

Mister Appleby versuchte einen schlauen Schachzug. »Nein«, sagte er. »Ich fürchte, sie kann im Augenblick nicht mit Ihnen sprechen. Was gibt es denn?«

Die Stimme in seinem Ohr wurde sogleich und unüberhörbar kalt und drohend. »Hier ist Gainsborough, Mister Appleby, und ich möchte unverzüglich Ihre Frau sprechen. Ich lasse Ihnen zehn Sekunden Zeit, sie an den Apparat zu holen. Haben Sie verstanden, Mister Appleby?«

Mister Appleby wandte sich in stumpfer Verdrossenheit seiner Frau zu und hielt ihr den Hörer hin. »'n Anruf für dich«, sagte er; und sah auf einmal, vor Schreck versteinert, als sie sich umdrehte, das Wasserglas wegzusetzen, den Vorleger unter ihren Füßen leicht verrutschen. Ihre Arme dreschflegelten durch die Luft, als sie das Gleichgewicht zu bewahren suchte, das Glas zerschellte vor seinen Füßen und bespritzte ihm die säuberliche Hose, während ihr Gesicht sich in lautlosem Kreischen verzerrte. Dann schlug ihr Leib schwer auf den Fußboden auf und blieb reglos dort liegen, in jener Stellung, mit der er so vertraut war.

Er starrte auf sie und nahm nur mit halbem Bewußtsein die Stimme zur Kenntnis, die fern und blechern aus dem Hörer in seiner Hand drang.

»Die zehn Sekunden sind abgelaufen, Mister Appleby«, sagte sie schrill. »Haben Sie verstanden? *Ihre Zeit ist abgelaufen!*«

Hochleistungswerkzeuge GmbH An sich hätte es unter den vielen Zimmern der Pension, in ihrer schmuddeligen, linoleumbefußbodeten, messingbebettstellten Uniformität, nicht viel zu wählen gegeben; aber an dem Tage, da er das Inserat auf der Seite *Stellenangebote* beantwortete, wurde Mister Crabtree gewahr, daß ein kleiner Vorzug seinem Zimmer doch anhaftete: das gemeinschaftliche Telefon im Flur befand sich genau seiner Tür gegenüber; und wenn er auch nur eines seiner Ohren halbwegs gespitzt hielt, konnte er, einen Herzschlag nachdem das schrille Warnklingeln ertönt war, bereits am Apparat sein.

In Anbetracht dessen schloß er seine Bewerbung um Einstellung nicht nur mit seiner Unterschrift, sondern gleichermaßen mit der betreffenden Telefonnummer. Seine Hand zitterte ein wenig, als er solches tat; er kam sich als Beteiligter an einer gröblichen Betrügerei vor, wenn er dergestalt durchblicken ließ, daß dieses Telefon sein persönliches Eigentum sein könnte; aber das Prestige, das auf diese Weise zu gewinnen war, würde andererseits vielleicht die Waagschale zu seinen Gunsten beeinflussen, dachte er. Zu diesem Endzweck brachte er, unter Zittern und Zagen, die bisher unbefleckten Grundsätze eines Menschenlebens zum Opfer.

Das Inserat selbst war ja nicht viel weniger als ein Wunder gewesen. *Männliche Person gesucht*, hatte es dort geheißen, *für harte Arbeit bei mäßiger Bezahlung. Nüchterner, ehrlicher, fleißiger, früherer Angestellter im Alter zwischen 45 und 50 Jahren bevorzugt. Detaillierte Bewerbungen einzusenden an Postfach 111*; und Mister Crabtree, immer wieder ungläubig durch seine Brillengläser visierend, hatte es gelesen, unter Schauern der Verzweiflung bei dem Gedanken an all seine Leidensgenossen, Alter zwischen fünfundvierzig und fünfzig Jahren, die gleichfalls harte Arbeit bei mäßiger Bezahlung suchen mochten und die vielleicht das gleiche Inserat schon Minuten, womöglich gar Stunden früher gelesen hatten.

Seine Antwort hätte einem »Bewerbungsschreiben um Einstellung« als Modell dienen können. Sein Alter betrug achtundvierzig Jahre, seine Gesundheit war ausgezeichnet. Er war unverheiratet. Er hatte einer einzigen Firma dreißig Jahre lang gedient; hatte ihr getreulich und brav gedient; er konnte erstaunliche Zeugnisse hinsichtlich Verläßlichkeit und Pünktlichkeit aufweisen. Unglücklicherweise war jene Firma mit einer anderen und größeren verschmolzen worden; bedauerlicherweise hatten zahlreiche fähige Angestellte entlassen werden müssen. Dienststunden? Unwichtig. Sein einziges Interesse war, gute Arbeit zu leisten, wobei die aufzuwendende Zeit überhaupt keine Rolle spielte. Gehalt? Eine Sache, die er völlig in die Hände seines etwaigen künftigen Brotgebers legte. Sein vormaliges Endgehalt hatte fünfzig Dollar pro Woche betragen; aber das war selbstverständlich erst nach Jahren bestandener Bewährung der Fall gewesen. Für eine persönliche Vorstellung jederzeit zur Verfügung. Auskünfte konnte erteilen der und der. Die Unterschrift. Und dann eben die Telefonnummer.

All dies war ein dutzendmal entworfen und wieder entworfen worden, ehe Mister Crabtree die befriedigende Gewißheit fühlte, daß jedes erforderliche Wort nunmehr vorhanden war und daß dieses Wort an dem ihm angemessenen Platze stand. Dann hatte er, mit der Kupferstecherschrift, die seine Geschäftsbücher einst zu kleinen Kunstwerken gemacht hatte, den endgültigen Entwurf auf feines, eigens zu diesem Zweck angekauftes Obligationenpapier übertragen und zur Post gegeben.

Dies getan und wieder allein mit seinen Betrachtungen, ob eine Antwort per Post, per Telefon oder aber überhaupt nicht eintreffen würde, verbrachte Mister Crabtree zwei endlose, herzklopfende Wochen bis zu dem Moment, wo er einen Anruf entgegennahm und seinen Namen durch die Leitung kommen hörte, als poche das Schicksal an die Pforte. »Jawohl«, rief er schrill, »hier Crabtree! Ich habe mir erlaubt, einen Brief zu schicken!«

»Ruhe, Mister Crabtree, Ruhe«, sagte die Stimme. Es war eine klare, dünne Stimme, die jegliche Silbe sorgsam zu wählen und auszukosten schien, bevor sie sie von sich gab, und sie übte eine sofortige und abkühlende Wirkung auf Mister Crabtree, dessen Hand den Hörer umklammert hielt, wie wenn er vermittels Druck Mitleid herauszupressen vermöchte.

»Ich habe mir Ihre Bewerbung überlegt«, fuhr die Stimme, immer mit der gleichen peinigenden Bedächtigkeit, fort, »und bin außerordentlich zufrieden damit. Außerordentlich zufrieden. Aber ehe ich die Angelegenheit als abgemacht betrachten kann, möchte ich erst einmal ganz klar die Bedingungen der Stellung erläutern, die ich eventuell zu vergeben hätte. Sie haben nichts dagegen, wenn ich jetzt gleich darauf eingehe?«

Das Wort *Stellung* schallwellte traumhaft durch Mister Crabtrees Haupt. »Nein«, sagte er, »ich bitte darum.«

»Sehr gut. Als allererstes: würden Sie sich imstande fühlen, ein eigenes Unternehmen zu betreiben?«

»Ein eigenes Unternehmen?«

»Oh, haben Sie keine Angst weder hinsichtlich der Größe des Unternehmens noch der damit verknüpften Verantwortlichkeit. Es handelt sich dabei um vertrauliche Berichte, die regelmäßig erstattet werden müssen. Sie würden Ihr eigenes Büro bekommen, mit Ihrem Namen an der Tür; und hätten folglich, versteht sich, niemanden als direkte Aufsicht über sich. Hierdurch erklärt sich, wieso ein ungewöhnlicher Mann gefordert wird.«

»Jawohl«, sagte Mister Crabtree, »was jedoch die erwähnten vertraulichen Beri...«

»Ihrem Büro würde eine Liste mehrerer bedeutender Unternehmen vorliegen. Außerdem wäre es abonniert auf eine Reihe von Wirtschaftszeitungen, in denen besagte Unternehmen regelmäßig erwähnt zu werden pflegen. Sie müßten sämtliche dieser Notizen, sowie sie erscheinen, schriftlich festhalten, sie am Abend jedes Tages in einem Bericht zusammenfassen und mir diesen Bericht per Post einschicken. Ich möchte betonen, daß hierzu keine theoretische oder gar literarische Behandlung des Gegenstandes erforderlich ist. Genauigkeit, Kürze, Klarheit: das sind die drei Gesichtspunkte, von denen auszugehen wäre. Sie verstehen das natürlich?«

»Jawohl, vollständig«, bestätigte Mister Crabtree voller Eifer.

»Ausgezeichnet«, sagte die Stimme. »Ihre Dienststunden wären von neun bis siebzehn Uhr, sechs Tage in der Woche; mit einer Stunde Mittagspause dazwischen. Ich möchte es nochmals ausdrücklich betonen: ich lege größten Wert auf Pünktlichkeit und Verläßlichkeit und würde erwarten, daß Sie in allen Dingen so gewissenhaft verführen, wie wenn Sie jeglichen Augenblick des Tages unter meiner persönlichen Aufsicht stünden. Ich hoffe, Sie fühlen sich nicht gekränkt, daß ich das derart herausstelle?«
»Oh, nein, Sir!« beteuerte Mister Crabtree. »Ich...«
»Lassen Sie mich weitergehen«, sagte die Stimme. »Hier die Adresse, wo Sie heute in einer Woche zu erscheinen haben, und die Nummer Ihres Zimmers« – Mister Crabtree, weder Papier noch Bleistift zur Hand, rammte sich, völlig außer Rand und Band, die Angaben in sein Gedächtnis – »und Sie werden das Büro komplett hergerichtet antreffen. Die Tür wird offen sein, und in einer Schublade des Schreibtisches werden Sie zwei Schlüssel finden: einen für die Tür, den anderen für den Rollschrank, der im Büro steht. Im Schreibtisch werden Sie die vorhin von mir erwähnte Liste vorfinden sowie die Schreibmaterialien, die Sie zur Zusammenstellung Ihrer Berichte benötigen. Im Rollschrank wird der Stapel Zeitschriften liegen, bei denen Ihre Arbeit einzusetzen hat.«
»Ich bitte um Verzeihung«, sagte Mister Crabtree, »aber die besagten Berichte...«
»Sollen jedwedes kleinste Detail über die Unternehmen auf Ihrer Liste enthalten, das von Interesse werden könnte, von geschäftlichen Transaktionen an bis hinunter zu den Veränderungen im Personal. Und sie müssen mir täglich per Post zugesandt werden, sobald Sie am Abend das Büro verlassen. Ist das klar?«
»Nur eins noch«, sagte Mister Crabtree. »An wen – wohin adressiere ich meine Sendung?«
»Eine sinnlose Frage«, sagte die Stimme mit einer Schärfe, daß es Mister Crabtree aufs höchste beunruhigte. »Selbstverständlich an die Postfachnummer, die Ihnen bereits geläufig ist.«
»Selbstverständlich«, sagte Mister Crabtree.
»Als nächstes«, sagte die Stimme und kehrte aufs erfreulichste zu ihrer ursprünglichen bedächtigen Sprechweise zurück, »die Gehaltsfrage. Ich habe ausgiebig darüber nachgedacht; denn, wie Sie

einsehen werden, ist ja dabei eine ganze Anzahl von Faktoren zu berücksichtigen. Am Ende habe ich mich dann von dem alten Grundsatz leiten lassen: Ein guter Arbeiter ist seines Lohnes wert – die Redewendung ist Ihnen bekannt?«

»Jawohl«, sagte Mister Crabtree.

»Und«, sagte die Stimme, »einen schlechten Arbeiter kann man ja leicht entbehren. Auf dieser Basis wäre ich bereit, Ihnen zweiundfünfzig Dollar pro Woche zu bieten. Wären Sie damit zufrieden?«

Mister Crabtree starrte wie betäubt das Telefon an; dann gewann er den Gebrauch seiner Stimme wieder. »Sehr«, keuchte er. »Oh, aber im höchsten Grade. Ich muß gestehen, ich hätte niemals...«

Die Stimme unterbrach ihn mit Schärfe: »Aber das gilt nur bedingt, verstehen Sie? Sie werden – um mich eines etwas plumpen Ausdrucks zu bedienen – so lange auf Probe angestellt sein, bis Sie sich bewährt haben. Entweder die Stellung wird bis ins letzte ausgefüllt – oder aber die Stellung ist nicht vorhanden.«

Mister Crabtree fühlte, wie ihm bei der grausen Andeutung die Knie weich wurden. »Ich werde mein Bestes tun«, sagte er. »Ich werde ganz gewiß mein Allerbestes geben.«

»Auch«, fuhr die Stimme erbarmungslos fort, »werde ich große Bedeutung der Art und Weise beimessen, wie Sie den streng vertraulichen Charakter Ihrer Tätigkeit wahren. Sie darf mit niemandem besprochen werden, wer es auch immer sei; und da die Unterhaltung Ihres Büros und seiner Materialien hundertprozentig in meiner Hand liegt, wird es für ein Versagen keinerlei anderweitige Entschuldigung geben. Ebenso habe ich eine Versuchung von Ihnen ferngehalten, in Gestalt eines Telefons, das Sie *nicht* auf Ihrem Schreibtisch finden werden. Ich hoffe, mein Abscheu vor der leider üblichen Praktik, wo Angestellte die Zeit in müßigem Geplauder während der Arbeitsstunden vergeuden, scheint Ihnen nicht ungerecht?«

Seit dem Tode seiner einzigen Schwester, vor nunmehr zwanzig Jahren, gab es auf der weiten Welt nicht eine Seele, der es im Traum eingefallen wäre, Mister Crabtree behufs Geplauders irgendwelcher Art anzurufen; dennoch erwiderte er lediglich: »Nein, Sir. Absolut nicht.«

»Also wären Sie mit sämtlichen Bedingungen, wie wir sie eben besprochen haben, einverstanden?«
»Jawohl, Sir«, sagte Mister Crabtree.
»Sonst noch Fragen?«
»Eines noch«, sagte Mister Crabtree. »Mein Gehalt. Wie...«
»Am Ende jeder Woche wird es Ihnen zugehen«, sagte die Stimme. »In bar. Noch etwas?«
Nun herrschte zwar in Mister Crabtrees Gemüt ein wahres Verkehrschaos von Fragen; aber es war ihm nicht möglich, sich auf eine bestimmte davon zu konzentrieren. Bevor ihm das gelang, sagte die Stimme bereits ein helles »Alles Gute also«; und gleich darauf erfolgte jenes Knacken, aus dem er erkannte, daß sein Partner aufgelegt habe. Erst als er versuchte, seinerseits das gleiche zu tun, machte er die Entdeckung, daß seine Hand sich derart fest um den Hörer gekrampft hatte, daß es ihn einen Moment der Beängstigung kostete, sie wieder frei zu machen.
Es muß eingestanden werden, daß Mister Crabtree, als er sich das erstemal der ihm angegebenen Hausnummer näherte, nicht übermäßig überrascht gewesen sein würde, wenn er dort überhaupt kein Gebäude vorgefunden hätte. Aber hier war das Gebäude, beruhigend riesenhaft und wimmelnd von Insassen, die sich vor den Fahrstühlen drängten, in den Korridoren über ihn hinweg sahen und ebenso desinteressiert wie sinnvoll um ihn herum hasteten.
Und ebenso war auch das Büro da; ganz versteckt und für sich am Ende eines entlegenen Korridors, im allerobersten Stockwerk; ein Tatbestand, auf den Mister Crabtrees Aufmerksamkeit hauptsächlich dadurch gelenkt wurde, daß quer über den Korridor eine Treppenstiege hochführte, die an einer offenstehenden Tür endete, durch welche man das flache Grau des Himmels erblicken konnte.
Das eindrucksvollste an dem Büro war das keck auf die Tür schablonierte

CRABTREE / WIRTSCHAFTSKORRESPONDENZ

Wenn man die Tür öffnete, trat man in einen unglaublich kleinen engen Raum, der durch die klotzigen Ausmaße der Möbel, die ihn erfüllten, noch kleiner wirkte. Zur Rechten, gleich wenn man die Tür aufmachte, ragte ein riesiger Schrank. Dicht daran geschoben, aber immer noch so groß, daß er den Rest der Wand auf dieser

Seite einnahm, befand sich ein mächtiger altmodischer Schreibtisch mit einem Drehstuhl davor.
Das in der gegenüberliegenden Wand befindliche Fenster paßte vollkommen zu den Möbeln. Es war ein Riesenfenster, endlos breit und hoch, und das Fensterbrett kaum höher als Mister Crabtrees Knie. Im Moment spürte er eine Anwandlung von Schwäche, als er das erstemal hinausschaute und den lotrechten taumelerregenden Abgrund erblickte, dessen schreckhafte Wirkung noch dadurch erhöht wurde, daß die Zementklippe des Hochhauses gerade gegenüber völlig fensterlos und blind war. Ein Blick war genug für ihn: von da an hielt Mister Crabtree den Unterteil des Fensters fest verschlossen und stellte sich lediglich den oberen Teil nach Belieben ein.
In einer Schreibtischschublade fanden sich die Schlüssel; Federhalter, Tinte, ein Schächtelchen mit Stahlfedern, ein Pack Löschblätter und ein halbes Dutzend weiterer, mehr dekorativer als nützlicher Utensilien lagen in einer anderen Schublade; eine Anzahl Briefmarken war zur Hand; und endlich, das erbaulichste, ein reichlicher Vorrat an Schreibpapier, auf jeglichem Blatt als Briefkopf CRABTREE/WIRTSCHAFTSKORRESPONDENZ sowie die Zimmernummer seines Büroraums und die Adresse des Gebäudes. Im ersten Entzücken über diese Entdeckung warf Mister Crabtree gleich zur Übung ein paar Zeilen aufs Papier, nicht ohne diverse kühne Schnörkel seiner Feder; dann freilich, ein wenig betroffen ob der eigenen Verschwendungssucht, zerriß er das Blatt sorgfältig in kleinste Fetzen und ließ sie in den Papierkorb zu seinen Füßen fallen.
Anschließend galten seine Bemühungen dann einzig noch der zu bewältigenden Aufgabe. Der Rollschrank spie einen entmutigenden hohen Stoß von Zeitschriften aus, die nun, Zeile für Zeile, durchgearbeitet werden mußten, und Mister Crabtree gelang es nie, eine Seite fertig zu studieren, ohne das marternde Gefühl, daß er die Erwähnung eines Namens übersehen hätte, der einem auf der maschinengeschriebenen Liste entsprach, die er, wie versprochen, in seinem Schreibtisch ebenfalls vorgefunden hatte. Dann ging er die ganze Seite noch einmal durch, in dem schrecklichen Bewußtsein, daß er jetzt bei der Arbeit trödelte; und mit einem wehen Stöhnen, wenn er wieder unten angelangt war, ohne zu

finden, was er auch beim erstenmal nicht zu finden ermangelt hatte.
Zuweilen schien es ihm, als könne es ihm platterdings nie gelingen, den monströsen Stoß Zeitschriften vor ihm zu exzerpieren. Wenn er schon einmal erfreut-tief aufatmete, weil er gut vorangekommen war, schlug ihn doch sogleich wieder das düstere Vorgefühl nieder, daß er nächsten Morgen sicher doch wieder eine neue Postsendung vor seiner Tür vorfinden und folglich frisches Material zu dem Stoß dazukommen würde. Jedoch hatte dieser deprimierende Rundtrab durchaus auch seine Abwechslungen. Als eine davon erwies sich die Abfassung des täglichen Berichtes, eine Aufgabe, die Mister Crabtree, eigentlich etwas zu seiner Überraschung, allmählich ausgesprochen zu genießen lernte. Die andere war das allwöchentliche prompte Eintreffen des derben Briefumschlages, der sein Gehalt bis auf den letzten Dollar enthielt; obwohl speziell dieses nie ganz den völlig ungetrübten Genuß gewährte, den es eigentlich hätte ergeben müssen.
Mister Crabtree schlitzte zunächst jedesmal das eine Ende des Umschlages sorgfältig auf, entnahm das Geld, zählte es durch und verstaute es dann fein säuberlich in seiner ältlichen Brieftasche. Dann freilich mußte er immer noch einmal zitternde stöbernde Finger in den Umschlag zwängen, getrieben von dem angstvollen Erinnern an frühere Erfahrungen, und nach jenem Anschreiben tasten, welches ihm mitteilte, daß man seiner Dienste nicht länger bedürfe. Das waren jedesmal böse Sekunden und hatten unfehlbar als Nachwirkung Übelkeit und Erschütterung im Gefolge, ehe er sich erneut in seine Arbeit zu vergraben vermochte.
Die Arbeit war ihm bald in Fleisch und Blut übergegangen. Längst hatte er aufgehört, sich mit der maschinengeschriebenen Liste zu plagen; jeglicher der darauf befindlichen Namen hatte sich ihm ehern ins Gedächtnis eingeprägt, und es gab unruhige Nächte, wo er sich nur dadurch zum Einschlafen bringen konnte, daß er einige Male in Gedanken die Liste aufsagte. Ein Name speziell hatte ihn zu faszinieren begonnen, einer verdiente besondere Aufmerksamkeit: *Hochleistungswerkzeuge GmbH* standen ganz ohne Frage stürmische Zeiten bevor! Schon waren einschneidende Personalveränderungen vor sich gegangen; man munkelte von einer Zusammenlegung; heftige Marktschwankungen traten auf.

Mit einem gewissen Wohlgefallen machte Mister Crabtree die Entdeckung, daß, wie sich Wochen an Monate reihten, jeder der Namen auf seiner Liste für ihn gleichsam Gesicht und scharfumrissene Persönlichkeit gewann. *Vereinigte* waren stabil wie ein Fels, schier töricht schwerfällig in ihrer erfolgreichen Behaglichkeit; *Universal* war ausgesprochen schrill im Ton, viel zu zappelig in seiner ständigen Erprobung neuer Techniken; und so ging es weiter, die ganze Reihe herunter. Aber *Hochleistungswerkzeuge GmbH* waren und blieben Mister Crabtrees Lieblings-Gedankenspiel; und er hatte sich, mehr als einmal bereits, nervös dabei ertappt, wie er ihnen vielleicht ein Spürchen mehr Aufmerksamkeit widmete, als ihnen zustand. Sobald er sich bei dergleichen ertappte, rief er sich selbst scharf zur Ordnung; Unparteilichkeit mußte gewahrt bleiben, ansonsten...

Ohne jedwede Vorwarnung geschah es dann. Er kam vom Mittagessen zurück, pünktlich wie immer; öffnete die Tür seines Büros – und wußte, daß er von Angesicht zu Angesicht seinem Brotgeber gegenüberstand.

»Kommen Sie rein, Mister Crabtree«, sagte die klare dünne Stimme, »und machen Sie die Tür zu.«

Mister Crabtree schloß die Tür und stand sprachlos.

»Ich muß ja ein recht einnehmendes Äußeres haben«, sagte der Besucher mit einem deutlichen Unterton von Wohlgefallen, »daß es eine so mächtige Wirkung auf Sie ausübt. Sie wissen selbstverständlich, wer ich bin?«

Für Mister Crabtrees benommenes Gemüt hatten die großen kugeligen Augen, die unverwandt auf ihn blickten, der weite, dehnbare Mund, dazu der Körper, kurz und faßrund, eine erschreckende Ähnlichkeit mit einem Riesenfrosch, der behaglich am Rande eines Teiches hockt; während ihm die unselige Rolle der Fliege zufiel, die jenen dicht umschwebt.

»Ich glaube«, sagte Mister Crabtree bebend, »daß Sie mein Arbeitgeber sind, Mister... Mister – äh...«

Ein untersetzter Zeigefinger piekste Mister Crabtree gut gelaunt in die Rippen. »Solange die Rechnungen regelmäßig bezahlt werden, ist der Name unwichtig, wie, Mister Crabtree? Immerhin mag ich für Sie, der lieben Kürze halber, heißen – nun, sagen wir: George Spelvin. Sind Sie im Laufe Ihrer Lebensreise diesem all-

gegenwärtigen Herrn Spelvin schon mal begegnet, Mister Crabtree?«
»Ich fürchte nein«, sagte Mister Crabtree erbärmlich.
»Demnach sind Sie kein Theaterbesucher, und das ist ja wieder nur ein Pluspunkt mehr. Und wenn ich mir eine Vermutung erlauben darf, Sie gehören auch zu den Leuten nicht, die der Lektüre frönen oder meinethalben auch dem Kino?«
»Ich bemühe mich, mit meiner Tageszeitung auf dem laufenden zu bleiben«, sagte Mister Crabtree bieder. »Sie wissen ja, Mister Spelvin, daß da eine ganze Menge drin zu lesen steht; und es ist nicht immer leicht, in Anbetracht meiner Arbeit hier Zeit für anderweitige Zerstreuungen zu erübrigen. Das heißt, wenn ein Mann Wert darauf legt, mit seiner Zeitung Schritt zu halten.«
Die Winkel des breiten Mundes hoben sich, und Mister Crabtree hoffte, daß das ein Lächeln bedeuten möge. »Genau das, was ich Sie sagen zu hören erwartet habe. Tatsachen, Mister Crabtree, Tatsachen! Ich wollte einen Mann mit eindeutig ausgeprägtem Interesse für Tatsachen, und sowohl Ihre Worte eben wie auch die Art, wie Sie sich bisher Ihrer Arbeit gewidmet haben, sagen mir, daß ich diesen Mann in Ihnen gefunden habe. Ich bin sehr zufrieden, Mister Crabtree.«
Mister Crabtree fühlte das Blut angenehm pochend durch seine Adern rinnen. »Danke sehr, Danke nochmals, Mister Spelvin. Ich weiß wohl, daß ich mir alle Mühe gegeben habe; aber ich wußte nicht, ob auch... Wollen Sie nicht bitte Platz nehmen?« Mister Crabtree versuchte, mit dem Arm um das Faß vor ihm herumzulangen, um den Stuhl in einladende Position zu schwenken, aber es mißlang ihm. »Das Büro ist ein wenig eng. Aber sehr bequem«, stammelte er hastig hintennach.
»Ich bin überzeugt, es ist angemessen«, sagte Mister Spelvin. Er trat zurück, bis er beinahe an der Fensterscheibe befestigt schien, und wies auf den Stuhl. »Und jetzt möchte ich, daß Sie sich hinsetzen, Mister Crabtree; während ich die Angelegenheit erörtere, derentwegen ich gekommen bin.«
Gänzlich im Banne dieser befehlenden Hand sank Mister Crabtree auf den Stuhl und schwenkte dann sich und ihn so, bis er genau auf das Fenster gerichtet war und die massige Figur, die als Scherenschnitt davorstand. »Falls es sich um eine Frage bezüglich des heu-

tigen Tagesberichtes handeln sollte«, sagte er, »so habe ich ihn leider noch nicht abschließen können. Es sind da einige Andeutungen hinsichtlich *Hochleistungswerkzeuge* einzuarbeiten...«
Mister Spelvin tat den Gegenstand mit einer gleichgültigen Handbewegung ab. »Ich bin nicht hier, um das zu erörtern«, sagte er langsam. »Ich bin hier, um Antwort auf ein Problem zu finden, dem ich mich gegenübersehe. Und ich verlasse mich darauf, Mister Crabtree, daß Sie mir helfen werden, diese Antwort zu finden.«
»Ein Problem?« Mister Crabtree spürte, wie ihm vor lauter Wohlgefühl ganz warm wurde. »Ich will alles tun, was ich kann, um Sie zu unterstützen, Mister Spelvin. Alles, was in meiner Macht steht.«
Die hervortretenden Augen sondierten verdrießlich die seinigen. »Dann sagen Sie mir doch gleich mal das eine, Mister Crabtree: was für Maßnahmen würden Sie treffen, wenn Sie einen Menschen umbringen wollten?«
»Ich?« fragte Mister Crabtree. »Was für Maßnahmen ich... ich fürchte, ich verstehe nicht ganz, Mister Spelvin.«
»Ich habe gesagt«, und Mister Spelvin wiederholte es unter nachdrücklicher Betonung jedes einzelnen Wortes: »Was für Maßnahmen würden Sie treffen, wenn Sie einen Menschen umbringen wollten?«
Mister Crabtrees Unterkiefer sank herab. »Aber das könnte ich doch gar nicht. Das wollte ich doch gar nicht. Das – äh«, sagte er, »das wäre ja doch Mord.«
»Genau«, sagte Mister Spelvin.
»Aber Sie scherzen natürlich«, sagte Mister Crabtree und versuchte zu lachen, ohne seiner wie zusammengeschnürten Kehle jedoch mehr als ein dünnes, atemloses Keuchen abgewinnen zu können. Selbst diese jämmerliche Anstrengung wurde durch den Anblick des steinernen Gesichtes vor ihm im Keime erstickt. »Es tut mir furchtbar leid, Mister Spelvin, furchtbar leid. Sie wissen doch selbst, daß es nicht kaufmännisch üblich... es ist nicht die Art von Verfahren...«
»Mister Crabtree. In den wirtschaftlichen Fachveröffentlichungen, die Sie so unverdrossen studieren, würden Sie meinen Namen – meinen wahren Namen – endlos oft wiederholt finden kön-

nen. Ich habe meine Hand in so manchem Kuchenteig, Mister Crabtree, und hole grundsätzlich die Rosinen heraus. Um aufdringlichere Beiworte zu gebrauchen: ich bin wohlhabend und mächtig, weit über Ihre kühnsten Träume hinaus – einmal vorausgesetzt, daß Sie kühner Träume fähig wären –, und man erringt dergleichen Positionen mitnichten dadurch, daß man seine Zeit mit salzlosen Witzen vergeudet oder die Tage im Umgang mit Mietlingen totschlägt. Meine Zeit ist knapp, Mister Crabtree. Wenn Sie meine Frage nicht zu beantworten vermögen, dann sagen Sie das, und lassen Sie es dabei bewenden!«

»Ich glaube nicht, daß ich es könnte«, sagte Mister Crabtree aufs bemitleidenswürdigste.

»Diese Antwort hätten Sie auch sofort geben«, erwiderte Mister Spelvin, »und mir also meinen Augenblick der Ungehaltenheit ersparen können. Frei heraus: ich habe auch nicht erwartet, daß Sie meine Frage beantworten könnten; und falls Sie es gekonnt hätten, würde das eine enttäuschende Überraschung bedeutet haben. Verstehen Sie, Mister Crabtree, ich beneide, beneide Sie aufs tiefste um die heitere Ruhe eines Daseins, wo dergleichen Probleme niemals auftauchen. Unglücklicherweise befinde ich mich nicht in solcher Lage. An einem Punkt meiner Laufbahn habe ich einmal einen Fehler begangen, den einzigen Fehler, der mir in meinem Aufstieg zur Macht je unterlaufen ist. Er ist seinerzeit zur Kenntnis eines Mannes gelangt, bei dem sich Ruchlosigkeit und Scharfsinn in gefährlichem Ausmaß paaren; und ich habe mich seitdem in der Gewalt dieses Mannes befunden. Er ist, rund heraus gesagt, ein Erpresser; ein ganz gewöhnlicher Erpresser, der es sich jedoch allmählich hat einfallen lassen, einen zu hohen Preis auf seine Ware zu setzen, und der, folglich, nun selbst für sie bezahlen muß.«

»Sie beabsichtigen«, sagte Mister Crabtree heiser, »ihn umzubringen?«

Mister Spelvin hielt ihm sofort eine protestierende Plumphand entgegen. »Wenn sich eine Fliege auf die Fläche dieser meiner Hand gesetzt hätte«, sagte er scharf, »könnte ich es nicht übers Herz bringen, die Finger zusammenzuziehen und sie totzudrükken. Um ganz offen zu sein, Mister Crabtree, ich bin einfach nicht fähig dazu, die geringste gewalttätige Handlung zu begehen; und

während das in mancher Hinsicht eine bewundernswerte Charaktereigenschaft sein mag – im Augenblick ist sie nichts als hinderlich; denn der Betreffende soll und muß umgebracht werden.« Mister Spelvin machte eine Pause. »Auch ist dies keine Aufgabe für einen bezahlten Mordbuben. Wenn ich mich eines solchen bediente, würde ich mit hoher Wahrscheinlichkeit nur einen Erpresser gegen den andern eintauschen, und das wäre ja ausgesprochen unpraktisch.« Wieder legte Mister Spelvin eine Pause ein. »Also, Mister Crabtree, Sie sehen es wohl selbst, daß nur eine Schlußfolgerung noch übrigbleibt: die ganze Verantwortlichkeit, meinen Quälgeist zu beseitigen, ruht einzig und allein auf Ihnen.«
»Auf mir!« rief Mister Crabtree. »Aber ich könnte niemals – nein, nein, nie!«
»Ach was«, sagte Mister Spelvin barsch. »Beherrschen Sie sich und werden Sie nicht hysterisch. Bevor Sie die Sache weitertreiben, Mister Crabtree, möchte ich erst ganz klar herausstellen, daß eine Ablehnung meines Auftrages gleichzeitig bedeutete, daß, wenn Sie heute abend dieses Büro verlassen, Sie es auf immer verließen. Ich kann keine Angestellten dulden, die sich über ihre Stellung nicht völlig im klaren sind.«
»Nicht dulden!« sagte Mister Crabtree. »Aber das ist nicht recht; das ist ganz und gar nicht recht, Mister Spelvin. Ich habe schwer gearbeitet.« Seine Brille beschlug. Er fummelte daran herum, putzte sie sorgfältig und setzte sie sich dann wieder auf die Nase. »Und mir ein solches Geheimnis aufzubürden. Ich sehe es nicht ein; ich sehe es einfach nicht ein. Überhaupt«, sagte er aufgeschreckt, »das ist ein Fall für die Polizei!«
Zu seinem Entsetzen wurde Mister Spelvin beunruhigend rot im Gesicht, und der tonnige Leib schickte sich zu einem konvulsivischen Heiterkeitsausbruch an, der auch sogleich ohrenbetäubend durch den Raum schallte.
»Entschuldigen Sie«, vermochte er endlich luftschnappend herauszubringen. »Entschuldigen Sie, mein Lieber. Ich hatte mir nur den Auftritt illustriert vorgestellt, wie Sie bei den Behörden vorsprechen und die guten Leute von den unglaublichen Ansinnen in Kenntnis setzen, die Ihr Chef Ihnen so zumutet.«
»Bitte, verstehen Sie mich recht«, sagte Mister Crabtree. »Ich will Ihnen keineswegs drohen, Mister Spelvin. Es ist doch nur...«

»Mir drohen? – Ach, das sagen Sie mir doch mal, Mister Crabtree: was für eine Verbindung besteht denn, Ihrer Ansicht nach, in den Augen der Welt zwischen uns beiden?«

»Verbindung? Ich arbeite zumindest für Sie, Mister Spelvin. Ich bin Ihr Angestellter. Ich...«

Mister Spelvin lächelte verbindlich. »Was für eine merkwürdige Einbildung«, sagte er, »wo doch jeder sieht, daß Sie lediglich ein ganz kleiner schäbiger Mann sind, der ein ganz kleines armseliges Unternehmen aufgezogen hat, das für mich unmöglich das geringste Interesse haben kann.«

»Aber Sie haben mich doch selbst eingestellt, Mister Spelvin! Ich habe doch ein Bewerbungsschreiben geschickt!«

»Das haben Sie«, sagte Mister Spelvin, »aber betrüblicherweise war der Posten bereits besetzt, wie ich Ihnen ja auch in einem sehr höflichen Ablehnungsschreiben dargetan habe. Sie sehen mich so ungläubig an, Mister Crabtree; so lassen Sie sich denn sagen, daß sowohl Ihre Bewerbung als auch ein Durchschlag meines Antwortschreibens sorgsam in einem Ordner in meiner Registratur ruhen, falls der Vorgang jemals in Frage gestellt werden sollte.«

»Aber dieses Büro hier! Diese Möbel! Meine Zeitschriftenabonnements!«

»Mister Crabtree, Mister Crabtree«, sagte Mister Spelvin, wobei er schwerfällig mit dem Kopf schüttelte, »haben *Sie* sich jemals über die Quelle Ihres wöchentlichen Einkommens groß Gedanken gemacht? Der Manager dieses Gebäudes hier, die Händler mit Bürobedarf, die diversen Verlage, die Ihnen Ihre Zeitschriften zuschicken – sie alle waren an meiner Identität nicht ein Spürchen mehr interessiert als Sie. Es ist, das gebe ich gern zu, etwas außer der Regel für mich, in einer Transaktion Bargeld ausschließlich auf dem Postwege und an eine Privatadresse zu überweisen; aber machen Sie sich um mich keine Sorgen, Mister Crabtree. Prompte Bezahlung wirkt auf jeden Geschäftsmann wie Opium.«

»Aber meine Berichte!« sagte Mister Crabtree, der allmählich anfing, seine eigene Existenz ernstlich in Zweifel zu ziehen.

»Das allerdings, die Berichte. Tja, meiner Vermutung nach hat jener erfinderische Mister Crabtree, nachdem er meine abschlägige Antwort auf seine Bewerbung erhalten hatte, den Entschluß gefaßt, sich geschäftlich selbständig zu machen. Er muß da eine

Art Wirtschaftskorrespondenz aufgezogen haben, die Übersichten versendet, und hat sogar versucht, *mich* zum Kunden zu gewinnen! Ich habe ihn natürlich mit aller Schärfe abgewiesen, das kann ich Ihnen sagen – ich besitze noch seinen ersten Bericht sowie einen Durchschlag meiner Antwort darauf – aber närrischerweise besteht er hartnäckig auf seinen Bemühungen. Ich sage deshalb närrischerweise, weil seine Berichte für mich absolut wertlos sind; ich habe an keinem der Konzerne, die er untersucht, irgendein Interesse, und wieso er sich einbilden könne, ich hätte es doch, übersteigt meine Begriffe. Ganz offen gesagt: ich halte diesen Mann für einen Querulanten der übelsten Sorte; aber da ich mit dergleichen Typen schon viel zu tun gehabt habe, übersehe ich ihn einfach achselzuckend und vernichte seine täglichen Berichte, so wie sie eingehen.«

»Vernichten?« wiederholte Mister Crabtree wie betäubt.

»Sie haben keinen Grund, sich zu beklagen, hoffe ich«, sagte Mister Spelvin mit einiger Ungehaltenheit. »Um einen Mann Ihres Schlages ausfindig zu machen, Mister Crabtree, mußte ich in meinem Inserat als Voraussetzung die Bedingung *schwerer Arbeit* stellen. Indem ich dafür sorge, erfülle ich ja wohl nur meinen Teil des Kontraktes; und ich sehe gar nicht ein, wieso Sie sich auch dafür noch zu interessieren hätten, was in letzter Instanz mit Ihrer Arbeit geschieht.«

»Ein Mann von meinem Schlage«, echote Mister Crabtree hilflos, »und soll einen Mord begehen?«

»Warum denn nicht?« Der weite Mund preßte sich unheilverkündend zusammen. »Lassen Sie sich von mir aufklären, Mister Crabtree. Ich habe einen angenehmen und nutzbringenden Teil meines Lebens damit verbracht, die Gattung Mensch zu beobachten, etwa wie ein Wissenschaftler Insekten in einem Terrarium studiert. Und ich bin dabei zu einem Ergebnis gekommen, Mister Crabtree, einem, wichtig vor allen andern, das nicht wenig zur Erringung meines eigenen Erfolges beigetragen hat. Ich bin zu dem Ergebnis gekommen, daß für die überwiegende Mehrzahl der Angehörigen unserer Gattung das Funktionieren als solches die Hauptsache ist, nicht die Beweggründe; und die Folgen schon gleich gar nicht.

Mein Inserat, Mister Crabtree, war darauf abgestellt, sich der

Dienste eines solchen zu versichern; eines möglichst vollkommenen Vertreters dieses Typs. Vom Augenblick an, wo Sie jenes Inserat beantworteten, bis zu dem jetzigen, haben Sie alle meine Erwartungen geradezu modellhaft erfüllt; haben untadelig funktioniert, ohne einen Gedanken zu verwenden, weder auf Beweggründe noch auf Folgen.

Nunmehr ist Mord zu einem Bestandteil Ihres Funktionierens gemacht worden. Ich habe Sie mit einer Darlegung der Beweggründe beehrt; die Folgen liegen gleichfalls auf der Hand. Entweder also fahren Sie fort zu funktionieren, wie Sie es immer getan haben; oder aber, um es auf die kürzeste Formel zu bringen, Sie sind Ihrer Stellung quitt.«

»Stellung!« sagte Mister Crabtree verwirrt. »Was bedeutet schon Stellung für einen Mann, der im Gefängnis sitzt! Oder einen Mann, der gehängt wird!«

»Oh, nicht doch«, korrigierte Mister Spelvin gemächlich. »Denken Sie etwa, ich wollte Sie in eine Falle locken, in der ich genauso hängenbleiben könnte? Ich fürchte fast, Sie sind ein bißchen dümmlich, mein lieber Mann. Sollten Sie es aber nicht sein, dann werden Sie ja unschwer einsehen, daß wir in bezug auf meine Sicherheit und die Ihre so ziemlich in einem Boot sitzen. Und nicht mehr und nicht minder, als daß Sie diese Firma hier, auch danach, immer und ewig betreiben und Ihrer Arbeit mit unentwegtem Fleiß obliegen, ist der Garant dieser Sicherheit.«

»Das können Sie leicht sagen, wo Sie sich hinter einem angenommenen Namen verbergen«, sagte Mister Crabtree mit hohler Stimme.

»Ich versichere Ihnen, Mister Crabtree, meine Stellung in der Welt ist von der Art, daß mein Inkognito mit geringer Mühe aufgedeckt werden könnte. Aber ich muß Sie zu gleicher Zeit daran erinnern, daß Sie, sollten Sie meinen Auftrag ausführen, hinterher ein Verbrecher sein werden, und, folglich, sehr verschwiegen.

Auf der anderen Seite: falls Sie meinen Auftrag nicht ausführen sollten – und Sie haben völlig freie Wahl in dieser Beziehung –, würde jedwede Anschuldigung, die Sie sich einfallen ließen, gegen mich vorzubringen, nur Ihnen selbst gefährlich werden. Die Welt, Mister Crabtree, weiß nichts von unseren Beziehungen, und

nichts über meine Affäre mit jenem Herrn, der mich so lange geprellt hat und nun von mir geprellt werden muß. Weder sein Ableben also noch Ihre Beschuldigungen vermöchten mich jemals irgend zu berühren, Mister Crabtree.
Mein Inkognito zu lüften würde, ich sagte es bereits, nicht schwerhalten. Aber irgendwelchen Gebrauch von meinen Mitteilungen machen zu wollen, Mister Crabtree, könnte Sie lediglich ins Gefängnis führen oder in eine Anstalt für Geistesgestörte.«
Mister Crabtree fühlte, wie seine letzten Kraftreserven ihm gleichsam ausliefen. »Sie haben alles bedacht«, sagte er.
»Alles, Mister Crabtree. Als Sie in meine Entwürfe einbezogen wurden, geschah das nur, um meine Maschinerie in Bewegung zu setzen; aber schon lange davor bin ich eifrig dabei gewesen, jeden einzelnen Schritt des Unternehmens abzumessen, abzuwägen, abzuschätzen. Zum Beispiel der Raum, dieser Ihr Raum hier, ist erst nach einer langen und ermüdenden Suchaktion, als ideal für meine Absichten, gewählt worden. Seine Möbel sind ausgesucht und aufgestellt, nur um diese Absichten zu fördern. Wieso? Lassen Sie sich's erklären.
Wenn Sie an Ihrem Schreibtisch sitzen, ist ein Besucher zwangsläufig auf den Platz beschränkt, den ich jetzt hier am Fenster einnehme. Dieser Besucher ist, selbstverständlich, der fragliche Herr. Er wird eintreten und hier stehen, und das Fenster hinter ihm wird *ganz geöffnet* sein. Er wird Sie nach einem Briefumschlag fragen, den ein Freund für ihn dagelassen hat. Diesen Umschlag hier«, sagte Mister Spelvin und warf dabei einen auf den Schreibtisch. »Sie werden den Umschlag in Ihrem Schreibtisch haben; werden ihn finden und ihn jenem aushändigen. Dann wird er – denn er ist ein Mann von großer Ordnung und Methode, ich habe das sattsam erfahren –, er also wird den Umschlag in die innere Brusttasche seines Jacketts verstauen: und genau in dem Augenblick wird ihn ein herzhafter Stoß aus dem Fenster befördern. Der ganze Vorgang müßte eigentlich weniger als eine Minute in Anspruch nehmen. Unmittelbar danach«, sagte Mister Spelvin ruhevoll, »werden Sie das Fenster, von oben bis unten, wieder zumachen und zu Ihrer Arbeit zurückkehren.«
»Aber jemand«, wisperte Mister Crabtree, »die Polizei ...«
»... wird«, bestätigte Mister Spelvin, »den Körper eines armen

Unglücklichen finden, der die Treppe am Ende des Korridors hier, hinauf aufs Dach gestiegen ist und sich dann von oben hinuntergestürzt hat. Und man wird das deshalb schon wissen, weil in dem Briefumschlag, der so sorgsam in seiner Innentasche steckt, sich mitnichten das befindet, was der fragliche Herr dort zu finden erwartet, sondern vielmehr eine sauber mit der Maschine geschriebene Mitteilung, die den betrüblichen Fall sowie die Beweggründe dazu erklärt; auch eine Entschuldigung ob der Ungelegenheiten, die man bereitet – Selbstmörder sind groß in Entschuldigungen, Mister Crabtree – und endlich noch die wirklich ergreifende Bitte um ein rasches und stilles Begräbnis. Und«, schloß Mister Spelvin, indem er sacht die Spitzen seiner Finger gegeneinandersetzte, »ich zweifle nicht, es wird ihm werden.«

»Was aber«, sagte Mister Crabtree, »was, falls irgend etwas schiefginge? Falls der Mann den Brief aufmachte, sobald er ihm übergeben wäre? Oder... falls irgend etwas dergleichen geschähe?«

Mister Spelvin zuckte die Achseln. »In einem solchen Fall würde der fragliche Herr lediglich in aller Ruhe seines Weges gehen und sich bezüglich der Sache direkt an mich wenden. Sie müssen sich klar darüber sein, Mister Crabtree, daß man auf dem Betätigungsfelde meines Freundes kleinere Anschläge dieser Art gelegentlich zu gewärtigen hat; und ob man schon nicht geneigt sein mag, sie sonderlich amüsant zu finden, wird man sich im allgemeinen doch schwerlich zu überstürzten Handlungen hinreißen lassen, die die Gans, welche die goldenen Eier legt, umbringen könnten. Nein, Mister Crabtree, falls eine Möglichkeit, wie Sie andeuteten, eintreten sollte, dann würde das nur bedeuten, daß ich meine Falle anders und eben noch kunstvoller aufstellen muß.«

Mister Spelvin zog eine schwere Uhr aus der Tasche, studierte ihr Zifferblatt und steckte sie dann wieder sorgfältig an Ort und Stelle. »Meine Zeit wird knapp, Mister Crabtree. Nicht, daß ich Ihre Gesellschaft ermüdend fände; aber mein Mann wird binnen kurzem erscheinen, und bis dahin müssen Sie die Dinge ja völlig in der Hand haben. Alles, was ich von Ihnen verlange, ist also folgendes: wenn er kommt, wird das Fenster hier offenstehen.« Mister Spelvin stieß es energisch auf; einen Augenblick stand er und blickte mit Kennermiene in den Abgrund. »Der Umschlag wird in Ihrem Schreibtisch liegen.« Er zog eine Schublade auf und ließ ihn hineinfallen; dann schob er sie wieder mit fester Hand zu. »Und wenn dann der Augenblick der Entscheidung gekommen ist, steht es Ihnen frei, so oder so zu handeln.«

»Frei?« fragte Mister Crabtree. »Sie sagten doch, er würde nach dem Umschlag fragen!«

»Das ja. Aber, falls Sie ihm bedeuten sollten, daß Sie nichts davon wissen, wird er stillschweigend wieder Abschied nehmen und sich anschließend mit mir in Verbindung setzen. Das freilich würde mir dann gleichzeitig die Mitteilung sein, daß Sie Ihre Stellung bei mir gekündigt haben.«

Mister Spelvin schritt zur Tür und legte eine Hand auf die Klinke. »Wenn ich jedoch andererseits«, sagte er, »*nicht* weiter von ihm hören sollte; dann würde mir das bestätigen, daß Sie Ihre Probezeit erfolgreich bestanden haben und hinfort als fähiger und getreuer Angestellter zu betrachten sind.«

»Aber die Berichte!« sagte Mister Crabtree. »Sie vernichten sie...«

»Natürlich«, sagte Mister Spelvin, ein wenig überrascht. »Aber Sie werden mit Ihrer Arbeit fortfahren und mir die Berichte einschicken, wie Sie es bisher getan haben. Ich versichere Ihnen, es macht mir nicht das geringste aus, daß sie völlig sinnlos sind, Mister Crabtree. Sie sind ein Teil einer Planung; und Ihr Funktionieren innerhalb dieses Planes ist, ich sagte es Ihnen bereits, die beste Gewähr meiner eigenen Sicherheit.«

Die Tür öffnete sich, schloß sich geruhsam, und Mister Crabtree fand sich wieder allein im Zimmer.

Der Schatten des Hochhauses gegenüber lag schwer auf dem Schreibtisch. Mister Crabtree sah auf die Uhr, fand sich, im zunehmenden Dämmern des Raumes, unfähig, die Zeiger abzulesen, und erhob sich, um an der Schnur der Lampe über seinem Kopf zu ziehen. Im selben Augenblick hörte er einlaßheischend an die Tür pochen. »Herein«, sagte Mister Crabtree.

Im Türrahmen standen zwei Gestalten. Die eine war ein kleines flinkes Männchen; die andere ein massiger Polizeibeamter, der imponierend seinen Begleiter überragte. Der kleine Mann trat ins Büro, zog, mit der Geste des Zauberkünstlers, der ein Kaninchen aus seinem Zylinder produziert, eine große Brieftasche heraus, ließ sie aufklappen, um eine schimmernde Erkennungsmarke zu zeigen, schloß sie und schob sie dann wieder in seine Rocktasche zurück. »Polizei«, sagte der Mann kurz und bündig. »Sharpe mein Name.«

Mister Crabtree nickte höflich. »Ja?« sagte er.

»Hoffe, wir stören nicht zu sehr«, sagte Sharpe knapp. »Lediglich 'n paar Fragen.«

Als ob dies sein Stichwort wäre, trat jetzt auch der athletische Polizist herzu, ein ungemein dienstlich aussehendes Notizbuch sowie ein Bleistiftstümpchen in der Hand, und stellte sich in aktionsbereite Positur. Mister Crabtree lugte über seine Brille hinweg nach diesem Notizbuch und dann durch sie hindurch nach dem winzigen Herrn Sharpe. »Nein«, sagte Mister Crabtree, »durchaus nicht.«

»Sie sind Crabtree, ja?« fragte Sharpe, und Mister Crabtree zuckte erst auf, erinnerte sich dann aber des Namens an der Tür.

»Ja«, sagte er.

Sharpes kalte Augen flogen einmal über ihn hin; dann noch ein verächtlicher Blick, der den Raum inventarisierte. »Das ist Ihr Büro hier?«

»Ja«, sagte Mister Crabtree.

»Ganzen Nachmittag hier gewesen?«

»Ab ein Uhr«, sagte Mister Crabtree. »Ich gehe um zwölf essen und komme Punkt ein Uhr wieder her.«

»Glaub's gern«, sagte Sharpe; dann zeigte er mit dem Kopf über die Schulter nach rückwärts. »Haben Sie Ihre Tür im Lauf dieses Nachmittags offenstehen gehabt?«

»Sie ist grundsätzlich geschlossen, während ich arbeite«, sagte Mister Crabtree.

»Folglich wären Sie auch nicht imstande zu sehen, ob jemand die Treppenstiege, im Korridor da, raufgeht.«

»Nein«, erwiderte Mister Crabtree. »Allerdings nicht.«

Sharpe blickte auf den Schreibtisch und rieb sich dann nachdenklich mit dem Daumen das Kinn. »Schätze, Sie sitzen da auch nicht in 'ner Stellung, daß Sie jemals sehen könnten, was draußen vor Ihrem Fenster vor sich geht?«

»In der Tat, nein«, sagte Mister Crabtree. »Während ich arbeite, nicht.«

»Haben Sie aber«, sagte Sharpe, »im Lauf des Nachmittags vielleicht aus Richtung Fenster her was *gehört*? Was Ungewöhnliches, meine ich.«

»Was Ungewöhnliches?« wiederholte Mister Crabtree verständnislos.

»'n Schrei. Wie wenn jemand geschrien hätte. Irgend so was?«

Mister Crabtree faltete die Stirn. »Doch, ja«, sagte er, »ja, das könnte sein. Und noch gar nicht so lange her. Es hörte sich an, wie wenn jemand sich erschrocken hätte – oder Angst kriegte. Sogar ziemlich laut. Es ist ja immer derart still hier, daß ich es wohl zwangsläufig hören mußte.«

Sharpe warf einen Blick über die Schulter und nickte kurz dem Polizisten zu, der sein Notizbuch langsam wieder zumachte. »Dadurch schließt sich die Kette ja«, sagte Sharpe. »Ist der Kerl also demnach runtergesprungen; im Augenblick, nachdem's passiert war, andern Sinnes geworden und ist folglich den ganzen Weg jammernd runtergeflogen. – Na«, sagte er, indem er sich in einem Ausbruch von Vertrauensseligkeit an Mister Crabtree wandte, »schätze, Sie haben 'ne Art Recht darauf, zu erfahren, was hier überhaupt vor sich geht. Vor rund 'ner Stunde also ist 'n gewisser Jemand vom Dach runtergesprungen; genau über Ihrem Kopf hier. Klarer Fall von Selbstmord, Mitteilung in der Tasche, und alles komplett; aber wir tragen eben gern, soviel in unsern Kräften steht, sämtliche Details zusammen.«

»Wissen Sie«, sagte Mister Crabtree, »um wen es sich gehandelt hat?«

Sharpe zuckte nur die Achseln. »Einer mehr eben von denen, die zuviel Sorgen haben. Jung, hübsch, fesch angezogen auch. Das einzige, was über meinen Horizont geht: warum 'n Kerl, der sich so einen Anzug leisten kann, sich eingebildet haben mag, er hätte mehr Sorgen, als er je bewältigen könnte.«

Der Polizist in Uniform mischte sich zum erstenmal ins Gespräch. »Dieser Brief, den er da hinterlassen hat«, sagte er ehrerbietig, »hörte sich an, als ob er nicht ganz bei Verstand gewesen wäre.«

»Man muß schon ausgesprochen ›nicht ganz bei Verstand‹ sein, um ausgerechnet den Ausweg zu wählen«, sagte Sharpe. »Man ist ja wohl lange Zeit tot«, gab der Polizist schwerfällig zu.

Sharpe behielt die Türklinke noch einen Moment in der Hand.

»Entschuldigen Sie die Störung«, sagte er zu Mister Crabtree; »aber Sie wissen ja, wie's ist. – In einer Art können Sie sich wiederum auch glücklich schätzen – ein paar Mädchen, weiter unten, haben ihn vorbeikommen sehen und sind auf der Stelle in Ohnmacht gefallen.« Er zwinkerte, als er die Tür hinter sich zuzog.
Mister Crabtree stand auf, blickte auf die Tür, bis das Geräusch der schweren Fußtritte außer Hörweite war. Dann setzte er sich auf seinem Stuhl zurecht und rückte ihn mit sich dichter an den Schreibtisch. Auf dessen Fläche lagen, in leichter Unordnung, ein paar Zeitschriften sowie diverse Blatt Schreibpapier; und er machte aus den Zeitschriften einen säuberlichen Stapel, indem er die Kanten aufstieß, so daß sämtliche Ecken haarscharf übereinander lagen. Mister Crabtree ergriff seinen Federhalter und tauchte ihn ins Tintenfaß, während sich die Linke gewohnheitsmäßig auf den Bogen legte, ihn vorm Verrutschen sichernd.
Hochleistungswerkzeuge GmbH, schrieb er sorgfältig, *zeigen erhöhte Aktivität ...*

Der Augenblick der Entscheidung Hugh Lozier bildete die Ausnahme zu der Regel, daß Leute, die absolut selbstsicher sind, niemals liebenswert sein können. Wir sind natürlich alle schon diesem selbstsicheren Typ begegnet – diesen beherrschten, aber eindringlichen Stimmen, die bei Diskussionen durch alle anderen förmlich hindurchschneiden; die harten Zeigefinger, die einem eine Meinung gleichsam in die Brust dolchstoßen; diese fleischgewordenen Abschlußkommuniqués, gleichviel, um welches Problem es sich handelt – und ich kann mir vorstellen, daß wir auch alle dasselbe Gefühl für jene teilen: eine Mischung aus Abneigung und Neid. Abneigung, weil kein Mensch es leiden kann, niedergeschrien oder in den Brustkasten gepikst zu werden; und Neid, weil jeder sich heimlich wünscht, ebenfalls über einen solchen Reichtum an Selbstsicherheit zu verfügen, damit er auch mal niederschreien und piksen könnte.

Was mich persönlich anbelangt, so führte mich meine Tätigkeit derart regelmäßig an gewisse Orte unserer atomischen Welt, wo der einzige feste Status Verworrenheit hieß und die einzige Dauerbeschäftigung darin bestand, politische Haare zu spalten, daß es mir immer schwerer und schwerer fiel, mir überhaupt noch absolute Meinungen zu bilden. Wozu Hugh einmal anmerkte, wie gut es doch sei, daß meine Vorgesetzten im Amt nicht auch aus demselben Holz geschnitzt seien; denn was dann aus unserm Lande würde, das wisse Gott allein. Ich fand zwar keinen sonderlichen Geschmack an seiner Bemerkung; aber – und da war mein Fluch ja eben schon wieder da – ich mußte ihm das Recht zu solcher Meinung zubilligen.

Trotzdem und auch trotz des Umstandes, daß Hugh mein Schwager war – ein kurioses Verwandtschaftsverhältnis, wenn man es einmal richtig durchdenkt –, hatte ich ihn maßlos gern; genau wie jeder andere auch, der mit ihm in Berührung kam. Er war ein mächtiger, gutaussehender Mann, mit klarblauen Augen in dem frischen roten Gesicht, von einem raschen zupackenden Naturell und gern und eifrig bereit, zu würdigen, was immer man zu bieten hatte. Er war von einer überwältigenden Großherzigkeit, und zwar war diese seine Großherzigkeit von jener raren und unschätzbaren Art, bei der man das Gefühl hat, als erweise man dem Geber durch das Annehmen noch eine Gunst.
Daß er in bedeutendem Ausmaß Sinn für Humor besessen hätte, möchte ich nicht behaupten; aber schlichte gute Laune kann ja zuweilen ein ebenbürtiger Ersatz dafür sein, und das war bei Hugh ausgesprochen der Fall. Die stürmischere Seite seines Temperaments blieb größtenteils für Zeiten reserviert, wenn er sich einbildete, man hätte bei irgend etwas seiner Unterstützung bedürftig sein können, es jedoch freventlich unterlassen, sich deshalb an ihn zu wenden. Was bedeutete, daß – wenn Hugh einen kennengelernt und man ihm gefallen hatte – er zehn Minuten später schon erwartete, um alles und jedes angegangen zu werden, was er überhaupt nur zu bieten hatte. Einen Monat oder so, nachdem er meine Schwester Elisabeth geheiratet hatte, erwähnte sie ihm gegenüber einmal mein gieriges Interesse an einem schönen Copley, den er in seiner Galerie in Hilltop hängen hatte – und ich kann mich noch lebhaft meines Entsetzens erinnern, als er plötzlich, in einer schweren Lattenkiste und mit einem Geschenkkärtchen daran befestigt, in meiner kahlen Anderthalbzimmerwohnung eintraf. Es kostete zwar beträchtliche Anstrengungen, aber schließlich schaffte ich es doch, ihm das Bild wieder zurückzugeben, indem ich ihn mit Argumenten überrumpelte, wie, daß das Stück doch zweifellos mehr wert wäre als das ganze Gebäude, in dem ich wohnte, und durch bewegliche Klagen, daß es an meiner kümmerlichen Zimmerwand den Raum einfach totschlüge. Ich glaube, er hatte mich im Verdacht, daß ich löge; aber da er Hugh Lozier war, wäre es ihm nicht im Traum eingefallen, mich dessen auch nur mit einem Wort zu bezichtigen.
Natürlich hatten Hilltop und seine 200 Jahre Lozier-Tradition, die

daranhingen, viel dazu beigetragen, Hugh so zu machen. Die ersten Loziers hatten den Großgrundbesitz den waldigen Anhöhen am Fluß mühsam abgerungen, hatten schwer gearbeitet, aber auch glänzend floriert; die darauffolgenden Generationen dann hatten ihre Einkünfte so weislich angelegt, daß am Ende Geld und gesellschaftliche Stellung gewissermaßen einen schützenden Mauerring zwischen Hilltop und der Welt da draußen errichtet hatten. Um es auf eine Formel zu bringen: Hugh ähnelte frappant einem Mann aus dem 18. Jahrhundert, der sich irgendwie ins 20. versetzt sieht und sich nun dareinschickt, so gut er kann.

Hilltop selbst war nahezu eine Kopie des berühmten, aber lange Zeit unbewohnten *Dane-Haus*, gleich nebenan, und imposant genug, daß männiglich die Augen aufriß, der es zum ersten Male sah. Das Haus war aus verwettertem Bruchstein ausgeführt, anmutig anzuschauen trotz seiner Mächtigkeit; und die weiten, bis zum Flußufer sich erstreckenden Rasenflächen waren all die Jahre hindurch mit derart fanatischer Sorgfalt gepflegt worden, daß sie Teppichen von sattestem Grün glichen, auf denen der leiseste Windhauch magische Farbnuancen hervorbrachte. Auf der entgegengesetzten Seite des Hauses zogen sich Gartenanlagen bis zu den Gehölzen hin, hinter denen, halb versteckt, die Stallungen und Wirtschaftsgebäude lagen; und jenseits jener Gehölze endlich verlief dann die schmale Zufahrtsstraße, die stadtwärts führte. Diese Straße war an sich eine private Straße, zu deren Unterhaltung jeder der anliegenden Großgrundbesitzer seinen Teil beitrug; und ich glaube, ich kann getrost die Behauptung wagen, daß Hugh, im Verhältnis zu all dem zerklopften Felsgestein, das er hatte hineinpflastern lassen, sie mit beträchtlichem Abstand weniger benützte als jeder seiner Nachbarn.

Hughs Dasein war von Hilltop unzertrennlich; nur die dringendste Notwendigkeit konnte ihn bewegen, es zu verlassen; und wenn man ihn wirklich einmal anderswo traf, sah man ihm auf der Stelle an, daß er die Minuten zählte, bis er wieder dahin zurückkehren konnte. Und wenn man nicht sehr aufpaßte, war es mehr als wahrscheinlich, daß man, man wußte nicht wie, ihn auf seiner Rückreise auf einmal begleitete und sich einfach nicht mehr imstande fand, sich von dem Fleckchen wieder loszureißen, während die kostbaren Wochen, eine nach der andern, vergingen. Ich hab's erfahren. Ich glaube, seitdem meine Schwester Hugh in unsere Familie eingebracht hat, hab' ich mehr Zeit in Hilltop verbracht als in meiner eigenen Behausung.

Eine Zeitlang hatte ich mir Gedanken gemacht, wie Elisabeth sich in ihrer Ehe wohl fühlen möchte; in Anbetracht dessen, daß sie, bevor sie Hugh kennengelernt hatte, ebenso ruhelos und flatterhaft wie hübsch gewesen war. Als ich ihr diese Frage einmal direkt vorlegte, sagte sie: »Es ist ganz wunderbar, mein Lieber. Genauso wunderbar, wie ich wußte, daß es sein würde, als ich ihn das erstemal sah.«

Es stellte sich heraus, daß ihr erstes Zusammentreffen anläßlich einer Kunstausstellung stattgefunden hatte, auf der irgendwelches hypermodernes Zeugs gezeigt wurde; und sie hatte gerade eines der verwirrenderen Produkte, die dort zur Schau standen, intensiv studiert, als sie plötzlich eines hochgewachsenen, gutaussehenden Mannes gewahr wurde, der sie anstarrte. Sie war nun – wie sie es darstellte – eben auf dem Punkt gewesen, ihn ganz energisch zurechtzuweisen, als er unvermittelt gesagt hatte: »Bewundern Sie das etwa?«

Das war nun dem, was sie erwartet hatte, so ganz und gar unähnlich gewesen, daß es sie vollständig überrumpelt hatte. »Ich weiß nicht«, hatte sie schwächlich erwidert. »Meinen Sie, daß ich's tun sollte?«

»Nichts da«, hatte der Fremde gesagt, »verdammter Blödsinn ist das. – Kommen Sie mal mit; dann will ich Ihnen was zeigen, womit Sie Ihre Zeit nicht vergeuden.«

»Und«, sagte Elisabeth zu mir, »ich bin ihm doch tatsächlich wie ein Hündlein auf den Hacken hinterhergelaufen; während er auf und ab marschiert ist und mir erklärt hat, was gut wäre und was schlecht; und all das noch mit ziemlicher Lautstärke, so daß sich uns allmählich 'ne ganze Menge Leute dann angeschlossen hatte. – Kannst du dir das illustriert vorstellen, mein Lieber?«

»Tcha«, sagte ich, »ohne weiteres.« Ich hatte inzwischen ähnliche Auftritte an Hughs Seite erlebt und aus erster Hand erfahren, daß nichts seine gußeiserne Selbstsicherheit auch nur anritzen konnte.

»Na ja«, fuhr Elisabeth fort, »ich muß gestehen, daß ich zuerst natürlich etwas verstimmt war; aber dann hab' ich allmählich eingesehen, daß er genau wußte, wovon er redete, und daß er ganz schrecklich aufrichtig war. In keinerlei Hinsicht selbstherrlich; lediglich eifrigst bemüht um mich, daß ich die Dinge so sehen und verstehen sollte wie er auch. Und so ist es mit allem. Alle anderen Leute auf der Welt fummeln und brummeln beständig rum, wenn sie nur das geringste entscheiden sollen – was man zum Dinner bestellen könnte oder wie sie am besten diese und jene geschäftliche Angelegenheit erledigen, oder wem sie ihre Wählerstimme geben sollen – Hugh dagegen *weiß* grundsätzlich. Dieses *Nicht*-Wissen heutzutage ist doch im Grunde schuld an all diesen Nerven und Komplexen und sonstigen Dingen, von denen man so hört, meinst du nicht? Also ich lobe mir jedenfalls meinen Hugh, schönsten Dank, und überlaß' alle andern ihren Psychiatern.«

So also war die Lage. Ein Garten Eden mit untadeligen Rasenflächen, ohne jegliche Komplexe und nervöse Schrecken und auch nicht der Schimmer einer Schlange irgendwo in Sicht. Das heißt: kein Schimmer bis zu dem Tage, da Raymond auf der Bildfläche erschien.

Wir waren an dem betreffenden Tag auf der Terrasse, Hugh, Elisabeth und ich; die Augustsonne schmolz uns förmlich, bis wir in einen Zustand halbflüssiger Erstarrung geraten und alle drei viel zu sehr hin waren, um auch nur annähernd etwas wie eine Unterhaltung zu erheucheln. Ich lag da, hatte mir meine Leinenkappe übers Gesicht gedeckt, lauschte den sommerlichen Geräuschen um mich herum, und war restlos glücklich.

Leise und unaufhörlich rauschte ein Lüftchen in den nahen Espen; vom Fluß unten kam ferner platschender Ruderschlag; und dann und wann machte ein Glöckchen melancholisch *Ding-Dong* – die Schafherde auf dem Rasen. Diese Herde war eine von Hughs Liebhabereien. Er schwor darauf, daß es nichts Besseres für einen Rasen gäbe, als ein paar Schafe darauf grasen zu lassen; und folglich wurden jeden Sommer fünf oder sechs fette und schläfrige Mutterschafe zu diesem Zweck hier auf die Weide geschickt und gaben dem Bild noch zusätzlich eine sehr nette schäferliche Note.

Eben von diesen Schafen nun wurde mir die erste Warnung, daß etwas nicht stimmte – das plötzlich einsetzende wilde Gescheppere der Glöckchen und dann ein Gebähe, daß man den Eindruck hatte, als griffe ein ganzes Rudel Wölfe geschlossen an. Ich hörte Hugh

laut und ärgerlich »verdammt« sagen, machte die Augen auf und erblickte etwas noch weit Widersinnigeres als Wölfe: ein großer kohlschwarzer Pudel mit hellrotem Halsband, in der ganzen Pracht seines Clown-Haarschnitts, jagte in einer wahren Ekstase von fidelster Laune die erschreckten Schafe auf dem Rasen herum. Es war vollkommen klar, daß der Pudel keinerlei Absicht hatte, ihnen weh zu tun – vermutlich hielt er sie für die wunderbarsten Spielkameraden, die man sich bloß vorstellen kann –, aber aus der Panik der Schafe war ebenso klar ersichtlich, daß sie das nicht begriffen, und, ehe der Spaß noch ein Ende hatte, höchstwahrscheinlich das ihre im Fluß gefunden haben würden.
In der einen kargen Sekunde, die ich dazu benötigte, all das zu fassen, war Hugh bereits über das niedrige Mäuerchen der Terrasse gesprungen, stand mitten unter seinen Schafen, suchte sie vom Rand des Wassers abzudrängen, und donnerte dem Hund, der anderer Ansicht war, Kommandos entgegen.
»Nieder, du Bursch!« schrie er. »Nieder!« Und dann, wie er bei seinen eigenen Hunden immer tat, befahl er allen Ernstes: »Bei Fuß!«
Meines Erachtens hätte er ja weit klüger daran getan, sich einen Stock oder Stein zu schnappen und damit ein paar drohende Gebärden zu vollführen; denn auf die Art hier schenkte der Pudel Hughs Worten nicht die geringste Beachtung. Fuhr statt dessen fort, glücklich zu wau-wauen, und war schon wieder hinter den Schafen her, Hugh in sinnloser Verfolgung hinter ihm drein. Einen Herzschlag später erstarrte der Hund jedoch zu völliger Unbeweglichkeit, vor einer Stimme, die zwischen den Espen am Rand der Rasenfläche hervorklang.
»*Assieds!*« schalt die Stimme atemlos: »*Assieds-toi!*«
Dann erschien der dazugehörige Mann, eine kleine, behende Gestalt, und kam über das Gras herangetrottet. Hugh blieb wartend stehen, und wir konnten erkennen, daß sein Gesicht sich verfinsterte.
Elisabeth drückte meinen Arm. »Laß uns zu ihnen runtergehen«, flüsterte sie. »Hugh wird empfindlich, wenn er sich zum Narren gehalten fühlt.«
Wir kamen gerade zurecht, um Hugh ausgesprochen schweres Geschütz auffahren zu hören. »Ein Mann«, hob er an, »der nicht

versteht, ein Tier in Zucht und Ordnung zu halten, sollte sich keins anschaffen.«

Das Gesicht des Mannes war ganz höfliche Aufmerksamkeit. Ein gutes Gesicht übrigens; hager und intelligent und um die Augenwinkel Spinnennetzchen feinster Linien. Auch etwas anderes noch, was nicht ganz zu tarnen ging, verbarg sich hinter diesen Augen – ein sanfter Spott; und manchmal glomm es kurios und durchdringend darin, wie wenn sich die Linse einer Kamera auf ihre Umwelt richtet. Nicht so auffällig, daß Menschen vom Schlage Hughs es überhaupt bemerkt hätten; aber dennoch war es vorhanden, und ich ertappte mich dabei, daß es mir auf der Stelle gefiel. Und auch noch etwas geradezu quälend Altbekanntes hatte das Gesicht dieses Neuankömmlings, mit der hohen Stirn und dem sich lichtenden grauen Haar; aber so sehr ich mein Gedächtnis während Hughs würdevollem und länglichem Vortrag auch abmarterte – ich konnte nicht darauf kommen. Der Vortrag endete mit einigen Bemerkungen bezüglich der bewährtesten Methoden zur Abrichtung von Hunden; woraus dann allmählich erhellte, daß Hugh dabei war, wieder in eine versöhnlichere Stimmung zu geraten.

»Solange allerdings kein direkter Schaden angerichtet ist –«, sagte er gerade.

Der Mann nickte gesetzt. »Immerhin«, sagte er, »gerade als neuer Nachbar gewissermaßen mit dem falschen Fuß zuerst einzutreten –«

Hugh schaute frappiert drein. »Nachbar?« fragte er, in beinahe rüdem Ton. »Wollen Sie damit sagen, daß Sie hier in der Nähe wohnen?«

Der Mann deutete zu den Espen hinüber. »Auf der andern Seite des Gehölzes drüben.«

»Im *Dane-Haus*?!« Dieses Dane-Haus war Hugh fast ebenso heilig wie Hilltop selbst, und er hatte mir einmal auseinandergesetzt, daß, falls ihm je die Chance geboten werden sollte, jenes Anwesen zu erwerben, er auf der Stelle zugreifen würde. Im Augenblick klang seine Stimme nicht so sehr verletzt, als vielmehr ungläubig. »Ich glaube kein Wort davon!« rief er aus.

»Oh, doch«, versicherte ihm der Mann, »eben Dane-Haus. Ich habe dort, es sind nun viele Jahre her, einmal eine Vorstellung gegeben und seitdem immer die Hoffnung genährt, daß es eines Tages mir gehören könne.«

Dieses Wörtchen *Vorstellung* jetzt gab mir den Schlüssel – das, und der unter seinem hochkorrekten Englisch kaum noch durchklingende Akzent. Er war in Marseille geboren und erzogen – das war die Erklärung für seinen Akzent – und längst vor meiner Zeit schon zu einer legendären Gestalt geworden.

»Sie sind Raymond, ja?« sagte ich. »Charles Raymond.«

»Ich ziehe das schlichte ›Raymond‹ vor«, und er lächelte abbittend ob solcher kleinen persönlichen Eitelkeit. »Ich fühle mich sehr geschmeichelt, daß Sie mich erkannt haben.«

Das nahm ich ihm natürlich nicht ganz ab. Raymond der Zauberer, der große Raymond, würde ja als allermindestes erwarten, daß man ihn erkenne, wo immer er auch auftauchte. Als Meister der Taschenspielerkunst, vor dem Thurstons Stern verblichen war, als Entfesselungskünstler, der nahezu Houdini verdunkelt hatte, konnte Raymond schwerlich dazu tendieren, sich selbst zu unterschätzen.

Begonnen hatte selbstverständlich auch er mit den gewöhnlichen Standardtricks, die zum Repertoire der meisten Berufszauberer gehören; aber er war weit über sie hinaus fortgeschritten, bis zu jenen Entfesselungsschlagern, die, wie ich annehme, inzwischen ja uns allen geläufig geworden sind. Der versiegelte Bleisarg unter einer 30 Zentimeter dicken Eisdecke; die stahlgeschweißten Zwangsjacken; die Gewölbe der Bank von England; der raffinierte Selbstmordknoten, der die Kehle mit den angezogenen Beinen dergestalt verbindet, daß die geringste Beinbewegung die Schlinge fester um den Hals anzieht – Raymond kannte sie sämtlich und hatte sich aus allen frei gemacht. Und auf einmal, auf dem Gipfel des Ruhmes, war er aus dem Blickfeld der Öffentlichkeit verschwunden und sein Name der Vergangenheit anheimgefallen. Als ich mich bei ihm nach dem Warum erkundigte, zuckte er die Achseln.

»Ein Mann arbeitet entweder, weil er Geld braucht; oder aber aus Lust an seiner Arbeit. Und wenn er nun einerseits alle Reichtümer hat, die er braucht, und andererseits keinen Geschmack mehr an seiner Arbeit findet – warum soll er dann weitermachen?«

»Aber eine derartige Karriere aufzugeben –«, protestierte ich.

»Mir war es genug, zu wissen, daß hier das Haus auf mich wartet.«
»Wollen Sie damit sagen«, schaltete Elisabeth sich ein, »daß Sie niemals an einen anderen Ruhesitz gedacht hätten als den hier?«
»Nein – in all den Jahren nicht einmal.« Er legte einen Finger an die Nase und zwinkerte uns bedeutsam zu. »Ich habe der Verwaltung von Dane-Haus kein Geheimnis daraus gemacht; und als der Zeitpunkt zum Verkauf kam, war ich der erste und einzige, an den man sich wendete.«
»Sie geben nicht leicht einen Einfall auf, was?« sagte Hugh, und seine Stimme war wie ein Messer.
Raymond lachte. »Einfall? Ich würde eher Besessenheit sagen. Ich habe in all den Jahren ein gut Teil der Erde bereisen müssen; aber wie reizvoll der jeweilige Aufenthaltsort auch immer sein mochte, ich war mir stets bewußt, daß er so schön doch nicht sein könne wie jenes Haus am Waldrand, mit dem Fluß unterhalb und den Hügeln dahinter. Eines schönen Tages, habe ich mir immer gesagt, wenn die Zeit des Reisens für mich vorbei wäre, wollte ich hierherkommen, und, wie Candide, *cultiver mon jardin*.«
Abwesend fuhr er mit der Hand seinem Pudel über den Kopf und ließ den Blick mit dem Ausdruck einer großen innerlichen Zufriedenheit um sich wandern.
»Und jetzt«, sagte er, »bin ich da.«
Ja, in der Tat, er war da. Und es wurde umgehend klar, daß seine Ankunft eine Veränderung auf Hilltop bewirkte; beziehungsweise, da Hilltop so ganz und gar der Widerschein von Hughs Persönlichkeit war, war es klar, daß eine Veränderung auf Hugh bewirkt wurde. Er wurde gereizt und ruhelos und noch aggressiver selbstsicher denn je. Wohl waren auch die Wärme und Gutartigkeit noch vorhanden – gehörten sie doch ebensosehr zu seinem Naturell wie seine Arroganz –, aber er tat sich sichtlich mühsamer damit. Ich mußte bei ihm immer an einen Mann denken, der von einem dunklen Fleck im Auge geplagt wird, ihn aber auch wiederum nicht zu lokalisieren vermag und sich eben damit abfinden muß, so gut er kann.
Der betreffende Fleck hieß natürlich Raymond mit Namen, und ich konnte mich zuweilen des Eindrucks nicht erwehren, daß die-

ser seine Rolle ausgesprochen genoß. Es wäre ja für ihn ein leichtes gewesen, nun wirklich hübsch bei sich zu Hause zu bleiben und seinen Kohl zu bauen oder auch Fotos in sein Album zu kleben (oder was von der Bühne abgetretene Künstler meinethalben anstellen mögen); aber das war ihm augenscheinlich nicht möglich. Er hatte dieselbe merkwürdige Art, zu den ausgefallensten Zeiten in Hilltop aufzukreuzen, die Hugh seinerseits veranlaßte, immer wieder den Weg nach Dane-Haus einzuschlagen und dort lange und stürmische Sitzungen abzuhalten.

Beide mußten erkannt haben, daß sie derart schlecht zueinander paßten, daß die naheliegende und logische Lösung die gewesen wäre, möglichst Distanz zu halten. Aber sie hatten eben auch die Anziehungskraft negativer und positiver Kräfte füreinander; und wenn sie sich im selben Zimmer befanden, war das Knistern der überspringenden Ströme zwischen ihnen so stark, daß man es beinahe in der Luft sehen zu können vermeinte. Jegliches Thema wurde unweigerlich zum Zankapfel für sie, und sie duellierten sich darob aufs hitzigste: Hugh, gewappnet mit der Rüstung seiner massiven Selbstsicherheit; Raymond mit leichten eleganten Florettstößen, immer bemüht, ein Ritzchen in dieser Rüstung ausfindig zu machen. Ich meine immer, was Raymond am meisten aufbrachte, war die Entdeckung, daß diese Rüstung keine Ritze hatte. Als ein Typ, dessen Hauptleidenschaft darin bestand, an sämtlichen Problemen alle nur möglichen Seiten ausfindig zu machen und zu würdigen und tief nach Motiven und Ursachen zu forschen, fühlte er sich durch Hughs eingleisige Art, kurz abzuurteilen und Machtworte zu sprechen, pausenlos gereizt.

Er zögerte auch gar nicht, Hugh das wissen zu lassen: »Sie sind schlechthin mittelalterlich«, sagte er. »Und von allen Dingen, die die Menschen seit jenen Zeiten eigentlich gelernt haben sollten, ist die größte Einsicht ja doch wohl die, daß es leicht-eindeutige Antworten gar nicht gibt; daß man nicht einfach mit den Fingern schnipsen und schon die Lösung angeben kann. Meine einzige Hoffnung in Ihrem Falle ist nur, daß Sie sich eines Tages einmal einem vollendeten Dilemma gegenübersehen möchten, einer nicht zu beantwortenden Frage. Das würde für Sie wie eine Offenbarung sein. Sie würden in dieser einen Minute mehr lernen, als Sie in Ihren kühnsten Träumen für möglich halten.«

Und Hugh machte die Sache wiederum auch nicht besser, indem er kalt antwortete: »Und *ich* sage Ihnen, daß für einen Mann, der Gehirn im Kopf und den Mut hat, sich dessen zu bedienen, etwas wie Ihr ›vollendetes Dilemma‹ überhaupt nicht existiert.«
Kann sein, daß es Episoden dieser Art waren, die zu den folgenden Unannehmlichkeiten führten; oder möglich auch, daß Raymond tatsächlich aus den unschuldigsten ästhetischen Motiven heraus gehandelt hat; aber was die Gründe auch immer gewesen sein mögen, die Folgen waren unausweichlich und gefährlich.
Und zwar entsprangen sie dem Projekt, das Raymond uns eines Nachmittags in großen Linien umriß. Jetzt, wo er in Dane-Haus wohnte, hatte er die Entdeckung gemacht, daß es doch wohl zu mächtig, zu überwältigend sei. »Wie ein Museum«, erläuterte er. »Ich habe immer wieder das Gefühl, als wanderte ich, wie eine arme Seele, durch endlose Galerien.« Auch der Grund und Boden bedurfte einiger landschaftsgärtnerischer Eingriffe. Die alten Bäume waren zwar sehr hübsch; aber, wie Raymond sich ausdrückte, es waren ein bißchen zuviel davon da. »Ich sehe buchstäblich«, sagte er, »den Fluß vor Bäumen nicht. Und ich gehöre zu den Leuten, die den Anblick fließenden Wassers abgöttisch lieben.«
Alles in allem waren also diverse drastische Veränderungen fällig. Zwei Flügel des Hauses würden abgerissen und die Bäume dergestalt ausgeholzt werden, daß ein breiter Durchblick zum Fluß hin entstünde; das ganze Anwesen würde aufgelockerter werden. Nicht länger mehr würde es ein Museum sein, sondern das ideale Heim, wie es ihm all die langen Jahre hindurch vorgeschwebt hatte.
Zu Beginn dieses Vortrages hatte Hugh ganz bequem in seinem Sessel gelümmelt. Dann aber, als Raymond in lebhaften Farben das Bild der Zukunft zu entwerfen begann, richtete Hugh sich höher und immer höher, bis er endlich so steil dasaß, wie ein Gardekavallerist im Sattel. Seine Lippen waren zusammengepreßt, sein Gesicht blutrot geworden. Seine Hände öffneten und schlossen sich wieder, in einem langsamen, tödlichen Rhythmus. Es war ein Wunder, daß nicht längst schon ein Ausbruch erfolgt war; aber es war kein Wunder von der Art, die lange anhalten können. – Ich sah aus Elisabeths Gesichtsausdruck, daß auch sie das begriff, aber ebenso hilflos war wie ich, irgend etwas dagegen zu unternehmen.

Und als nun Raymond, nachdem er seiner visionären Beschreibung noch einige letzte schönfarbige Glanzlichter aufgesetzt hatte, gar noch selbstzufrieden fragte: »Ja, nicht wahr; was meinen Sie dazu?« – da war Hugh nicht mehr zu halten.
Er lehnte sich langsam nach vorn und fragte: »Wollen Sie wirklich wissen, was ich dazu meine?«
»Also, Hugh«, sagte die aufgeschreckte Elisabeth.
»Hugh, bitte –«
Er schob den Einwand mit einer Handbewegung beiseite.
»Also Sie wollen wirklich wissen, was ich meine?« heischte er von Raymond.
Raymonds Stirn hatte sich leicht gerunzelt: »Natürlich.«
»Dann will ich es Ihnen nicht vorenthalten«, sagte Hugh. Er tat einen tiefen Atemzug. »Ich meine, daß keinem Menschen, er sei denn vorsätzlich der verdammteste Bilderstürmer, eine Ungeheuerlichkeit, wie Sie sie eben skizziert haben, auch nur im Traum einfallen könnte. Ich meine, daß Sie einer von jenen Menschen sind, die ein Vergnügen daran finden, alles, was irgendwie den Stempel der Tradition oder Stabilität an sich trägt, kaputt zu schlagen: Sie würden der ganzen Welt die Stützen unten wegziehen, wenn Sie nur könnten!«
»Sie entschuldigen«, sagte Raymond. Er war sehr blaß und ärgerlich. »Aber ich glaube, Sie verwechseln die Begriffe *Veränderung* und *Zerstörung* miteinander. Sie müssen doch wohl einsehen, daß mir nichts ferner liegt, als irgend etwas zu zerstören; sondern daß mein einziges Anliegen ist, einige wenige notwendige Veränderungen vorzunehmen.«
»Notwendige?« höhnte Hugh. »Einen prachtvollen Baumbestand ausrotten, der dort seit Jahrhunderten steht? Ein Haus einreißen, das so solide ist wie ein Felsblock? *Ich* nenne das perverse Zerstörungssucht!«
»Ich fürchte, ich verstehe Sie falsch. Eine Szenerie umzugestalten und dadurch aufzufrischen –«
»Ich habe nicht die Absicht, große Worte zu wechseln«, fiel ihm Hugh in die Rede. »Ich erkläre Ihnen frei heraus, daß Sie kein Recht haben, an einem solchen Anwesen herumzuquacksalbern!«
Beide waren längst auf die Füße gesprungen, fixierten einander

streitsüchtig; und das einzige, was mich noch abhielt, mir ernstlich Sorgen zu machen, war die Überzeugung, daß Hugh nicht tätlich werden und Raymond viel zu besonnen und geistesgegenwärtig sein würde, um die Beherrschung zu verlieren. Und schon war der kritische Augenblick auch wie durch Zauberschlag vorbei. Raymonds Lippen kräuselten sich in flüchtiger Amüsiertheit, und er betrachtete Hugh mit höflichem Interesse wie ein Studienobjekt.
»Ach, sicher«, sagte er. »Wie dumm von mir, daß ich so schwer von Verständnis war. Dies Anwesen, das – ich erwähnte es bereits – um eine entscheidende Spur zu sehr einem Museum ähnelt, muß bleiben wie es ist; während mir obliegt, quasi der Kustode darin zu sein. Ein ›Hausmeister der Vergangenheit‹ könnte man sagen, ein Kurator ihrer Denkmäler.«
Lächelnd schüttelte er den Kopf. »Ich fürchte nur, ich werde mich für dergleichen Rollen nicht ganz eignen. Ich nehme vor der Vergangenheit gern mein Hütchen ab, bestimmt; ziehe es aber letztlich vor, der Gegenwart den Hof zu machen. Aus diesem Grunde möchte ich meine Pläne eigentlich doch vorantreiben.«
Ich erinnere mich noch, daß ich – als ich am nächsten Tag in die City zurückkehrte und zu einer endlosen heißen Woche am Schreibtisch – dachte, wie Raymond die verfahrene Angelegenheit doch recht nett wieder eingerenkt hätte und daß man, gottlob, nicht noch weitergegangen wäre, als so schon der Fall war. Deshalb war ich auf Elisabeths Anruf, gegen Ende der Woche, völlig unvorbereitet.
Ach, es wär' schrecklich, sagte sie. Ja, sicher, die Sache mit Hugh und Raymond und Dane-Haus; aber schlimmer denn je. Sie rechne fest damit, daß ich morgen nach Hilltop hinauskäme; das könne überhaupt keine Frage sein. Sie habe einen Plan entworfen, die ganze Affäre zu bereinigen; aber ich müsse einfach da sein, sie dabei zu unterstützen. Letzten Endes wäre ich doch immer einer der wenigen Leute, auf die Hugh höre; und, kurzum, sie verlasse sich auf mich.
»Verlassen auf mich? In bezug auf was?« fragte ich. Der Ton gefiel mir gar nicht. »Und was Hughs Aufmichhören anbelangt, Elisabeth, ist das nicht ein bißchen sehr euphemistisch ausgedrückt? Ich kann mir nicht gut vorstellen, daß er bei seinen persönlichen Angelegenheiten meiner Beratung bedürftig wäre.«
»Wenn du gleich empfindlich deswegen sein willst –«

»Ich bin überhaupt nicht empfindlich deswegen«, gab ich zurück. »Es sagt mir lediglich nicht zu, in diese Angelegenheit verwickelt zu werden. Hugh ist durchaus fähig, auf sich selbst aufzupassen.«
»Vielleicht allzu fähig!«
»Und das soll bedeuten?«
»Ach, das kann ich dir jetzt nicht erklären«, wimmerte sie. »Morgen werd' ich dir alles erzählen. Und wenn du noch das geringste brüderliche Gefühl hegst, dann bist du mit dem Morgenzug hier. Glaub mir: es ist ernst.« –
Ich traf mit dem Morgenzug ein, und zwar in üblichem Zustand. Meine Phantasie ist von jener überaktiven Art, der ein sehr geringfügiges Material genügt, um daraus eine Katastrophe von wahrhaft kosmischen Ausmaßen zu erbauen, und um die Zeit, als ich in Hilltop ankam, war ich so ziemlich auf alles gefaßt.
Aber zumindest auf der Oberfläche war alles heiter. Hugh begrüßte mich mit Wärme, Elisabeth war ihr gewohntes munteres Selbst; der Lunch verlief in friedfertigster Stimmung und unter langen Gesprächen, und die Themen Raymond beziehungsweise Dane-Haus wurden nicht im entferntesten berührt. Ich sagte kein Wort von Elisabeths Telefonanruf, mußte jedoch mit einem Gefühl ständig zunehmender Gereiztheit daran denken, bis ich dann endlich mit ihr allein war. »So«, sagte ich, »jetzt möchte ich das große Geheimnis aber doch mal erklärt haben. Ich hab' hier draußen Gott weiß was zu finden erwartet, und, zumindest soweit ich bis jetzt sehe, steckt überhaupt nichts dahinter. Ich hab' seit deinem Anruf Derartiges in meiner Phantasie durchgemacht, daß ich eine kleine Begründung nun aber doch ganz gern hätte.« »Schön, schön«, sagte sie grimmig, »sie soll dir umgehend werden. Komm mal mit.«
Sie führte mich ein gutes Stück Weges durch die Gartenanlagen, an den Ställen vorbei und an den Wirtschaftsgebäuden. Als wir uns dem letzten Gehölz näherten, hinter dem sich dann jene Privatstraße hinzog, fragte sie plötzlich: »Als das Auto, das dich abholte, in Hausnähe kam: ist dir da auf der Straße nichts Außergewöhnliches aufgefallen?«
»Nein, ich wüßte nicht.«
»Ja, es kann sein. Der Anfahrtsweg zum Haus zweigt ja schon zu

weit von hier ab. Aber jetzt wirst du Gelegenheit haben, dich mit eigenen Augen davon zu überzeugen.«
Und schon überzeugten mich meine eigenen Augen davon: Mitten auf der Straße war ein Stuhl hingepflanzt, und auf diesem Stuhl saß ein untersetzter Mann und las geruhsam eine Illustrierte. Ich erkannte den Mann sofort; es war einer von Hughs Stallknechten und machte den geduldigen Eindruck von jemand, der schon eine geraume Zeit hier gesessen hat und darauf gefaßt ist, auch noch beträchtlich länger hier zu sitzen. Ich bedurfte nur einer einzigen Sekunde, um mir zu sagen, zu welchem Zweck er hier saß; aber Elisabeth war nicht gewillt, meinen deduktiven Fähigkeiten auch nur das geringste zu überlassen. Als wir uns ihm näherten, stand der Mann auf und griente uns an.
»William«, sagte Elisabeth, »würden Sie meinem Bruder hier vielleicht mal erzählen, was für Instruktionen Sie von Mister Lozier bekommen haben?«
»Klar«, sagte der Mann munter. »Mister Lozier hat uns Anweisung erteilt, daß grundsätzlich einer von uns hier zu sitzen hat, und falls wir 'n Lkw kommen sehen, der Baumaterial oder so 'n Zeugs geladen haben könnte und nach Dane-Haus will, den sollen wir anhalten und zurückschicken. Wir sollen einfach sagen, das wär' Privateigentum hier, und was sie täten wär' ›widerrechtliches Betreten fremden Eigentums‹. Und wenn sie uns auch nur mit einem Finger anrührten, sollten wir sofort die Polizei holen. – Das ist alles.«
»Und haben Sie schon Lkws zurückgeschickt?« fragte Elisabeth, lediglich zu meiner Belehrung.
Der Mann sah sie erstaunt an. »Ja, das wissen Sie doch, Mrs. Lozier«, sagte er. »Den ersten Tag, wo wir hier waren, kamen 'n ganz paar an, und das war eigentlich alles. – Und irgend Scherereien hat's überhaupt nicht gegeben«, wandte er sich erklärend an mich. »Diese Fahrer wissen genau, was ›unbefugtes Betreten‹ bedeutet, und hüten sich, da irgend Quatsch zu machen.« –
Als wir wieder außer Sicht der Straße waren, schlug ich mich doch mit der Hand vor die Stirn. »Das 's' ja unglaublich!« sagte ich. »Hugh muß aber doch wissen, daß er damit nie und nimmer durchkommt. Die Straße ist schließlich der einzige Zugang zu Danes Grundstück und außerdem seit so langer Zeit für den öffent-

lichen Verkehr freigegeben gewesen, daß sie schlechterdings nicht mehr als Privatweg bezeichnet werden kann!«
Elisabeth nickte. »Das ist genau das, was Raymond vor ein paar Tagen Hugh auch gesagt hat. Er kam voller Wut zu uns rüber, und sie haben sich ganz anständig deshalb gestritten. Und als Raymond etwas fallen ließ, bezüglich gerichtlich zur Verantwortung ziehen, da hat Hugh ihm ganz kalt geantwortet, daß er mit Freuden den Rest seines Lebens an einen Prozeß über diesen Gegenstand wenden würde. Aber das war ja noch nicht das schlimmste. Das letzte, was Raymond dann sagte, war, wie Hugh sich bewußt sein solle, daß Gewalttätigkeit auch wieder Gewalttätigkeit herausfordert, und seitdem mach' ich mich jede Minute darauf gefaßt, daß hier Krieg ausbricht. Verstehst du das nicht? Der Mann dort, der die Straße blockiert, ist ja eine dauernde Provokation, und ich krieg' allmählich Angst.«
Das konnte ich schon verstehen. Und je länger ich den Fall überdachte, desto gefährlicher stellte er sich mir dar.
»Aber ich habe einen Plan«, fuhr Elisabeth eifrig fort, »und er ist der eigentliche Grund, daß ich dich hierhaben wollte. Ich hab' für heut abend ein kleines Dinner veranstaltet, ein kleines, inoffizielles Dinner – und es soll, wenn möglich, eine Art Friedenskonferenz werden. Du wirst anwesend sein und Doktor Wynant – euch beide mag Hugh ja sehr gern leiden – und –«, sie zögerte, »und Raymond.«
»Nein!« sagte ich. »Du meinst, daß er tatsächlich kommen wird?«
»Ich bin gestern zu ihm rübergegangen, und wir haben uns lange, lange unterhalten. Ich hab' ihm alles mögliche erklärt – daß Nachbarn doch eigentlich in der Lage sein sollten, sich zusammenzusetzen und zu verständigen, und was von Nächstenliebe, und – ach, es muß sich fürchterlich poetisch und schmalzig angehört haben; aber gewirkt hat's jedenfalls. Er sagte, er würde erscheinen.«
Ich hatte eine leichte Vorahnung: »Du, weiß Hugh davon?«
»Von dem Dinner? Ja, sicher.«
»Ich meine jetzt, daß Raymond kommen wird.«
»Nein, das weiß er nicht.« Und dann, als sie meinen hochbedenklichen Blick merkte, mit dem ich sie ansah, platzte sie trotzig heraus: »Ja, *irgend etwas* mußte ja wohl schließlich unternommen

werden, und das hab' ich getan, das ist alles! Ist es nicht besser, als bloß rumzusitzen und auf Gott weiß was zu warten?« –
Bis zu dem Zeitpunkt, als wir an diesem Abend um den Tisch im Eßzimmer Platz genommen hatten, hätte ich ihr vielleicht noch theoretisch beistimmen können. Hugh war zwar ob Raymonds Erscheinen sichtbar schockiert gewesen, hatte aber – abgesehen von einem Seitenblick auf Elisabeth, der Bände sprach – seine Empfindungen aufs anerkennenswerteste zu verbergen gewußt. Mit Dekor und Anstand hatte er die Herren einander vorgestellt, sich seinerseits angemessen am Gespräch beteiligt, kurzum, eine nicht unfeine Leistung als Gastgeber hinter sich.
Die Ironie des Schicksals wollte es, daß die Anwesenheit von Doktor Wynant es war, die Elisabeth zunächst dieses bißchen Triumph verschaffte, dann jedoch das Unheil herbeiführen sollte. Der Doktor war ein Chirurg von Ruf; stämmig und grauhaarig und von einem kurzangebundenen energischen Wesen. Trotz seiner eigenen Bedeutung in der Welt schien er sich wie ein Schuljunge zu freuen, daß er den berühmten Raymond kennenlernte, und im Handumdrehen waren die beiden die dicksten Freunde.
In dem Augenblick, als Hugh während des Dinners die Entdekkung machen mußte, daß nahezu alle Aufmerksamkeit sich auf Raymond konzentrierte und sehr wenig auf ihn selbst, da begann der Mantel graziöser Gastlichkeit zu verrutschen, und die fatalen Denkfehler in Elisabeths Plan schimmerten hindurch. Es gibt zwar Leute, die Vergnügen daran finden, Zelebritäten bei sich zu Gast zu haben, und sich gern im Widerschein ihres Ruhmes sonnen; aber Hugh gehörte nicht zu ihnen. Außerdem betrachtete er den Doktor als einen seiner engsten Freunde, und ich habe auch sonst schon bemerkt, daß es die selbstsichersten Männer sind, die am eifersüchtigsten über ihre Freundschaften wachen. Und wenn dann in eine solche über alles geschätzte Freundschaft der Mann sich eindrängt, den man mehr als sonst etwas auf der weiten Welt verabscheut –! Alles in allem genommen: lediglich dadurch, daß ich mich im Geist auf Hughs Platz projizierte und von dort über den Tisch weg zu Raymond hinüberschaute, der sich munter und unbeschwert über alles mögliche verbreitete, erkannte ich, daß ich auf das Schlimmste vorbereitet sein mußte. Die Gelegenheit dazu kam Hugh, als Raymond sich weitläufig in eine Diskussion bezüg-

lich der Hilfsmittel bei Entfesselungskünsten eingelassen hatte. Sie wären gar nicht zu zählen, sagte er. Nahezu alles, was man zur Hand nähme, könnte gegebenenfalls als dergleichen Hilfsmittel dienen. Ein Draht, ein Stückchen Metall, ein Blatt Papier – bei dem oder jenem Anlaß hätte er sie alle schon einmal benützt.
»Aber unter ihnen allen«, sagte er plötzlich mit einer gewissen Feierlichkeit, »gibt es nur eins, auf das ich notfalls mein Leben setzen würde. Kurioserweise ist es eins, das man nicht sehen, nicht in der Hand halten kann – für viele Menschen existiert es deshalb eben überhaupt nicht. Dennoch ist es *das* Hilfsmittel, das ich am meisten angewendet habe und das mich nie im Stich gelassen hat.«
Der Arzt beugte sich vor, mit Augen, die vor Interesse förmlich leuchteten. »Und es heißt –?«
»Menschenkenntnis, mein Lieber. Beziehungsweise, wie man es auch ausdrücken kann, Kenntnis der menschlichen Natur. Für mich ist sie ein genauso unerläßliches Instrument, wie für Sie etwa das Skalpell.«
»Oh«, sagte Hugh; und so scharf war seine Stimme, daß aller Augen sofort auf ihn gerichtet waren. »Wenn man Sie so hört, wäre Taschenspielerei eine Unterabteilung der Psychologie.«
»Vielleicht«, sagte Raymond, und ich sah, daß er Hugh zu mustern oder gar abzuschätzen begonnen hatte. »Sie sehen, um ein großes Geheimnis handelt es sich bei der Sache nicht. Mein Beruf – meine Kunst, wie ich sie bei mir selbst gern nenne – ist schließlich nichts als die Kunst der Irreführung, und ich bin ja nur einer in der großen Zahl der sie Ausübenden.«
»Ich würde doch sagen, viele Entfesselungskünstler gibt es zur Zeit gar nicht«, bemerkte der Arzt.
»Das ja«, sagte Raymond, »aber berücksichtigen Sie bitte, daß ich allgemein von der *Kunst der Irreführung* gesprochen habe. Der Entfesselungskünstler, der Meister im Taschenspiel, sind ja nur eine arme Handvoll, die lediglich die exotischste Form dieser Kunst betreibt. Aber wie steht's mit denen, die sie auf dem Felde der Politik betätigen, der Werbung, der Verkaufstechnik?« Er legte den Finger an seine Nase, in der uns schon gewohnten Geste, und zwinkerte. »Ich fürchte, sie alle lassen sich meine Kunst angelegen sein.«

Der Arzt lächelte. »Da Sie nicht auch die Medizin mit herangezogen haben, bin ich gewillt, Ihnen beizustimmen«, sagte er. »Aber was ich gern hören möchte, ist folgendes: wie, in genauen Worten, wirkt sich jene Kenntnis der menschlichen Natur in Ihrem Beruf nun aus?«
»Auf folgende Weise«, sagte Raymond. »Man muß sich einen Menschen sorgfältig ansehen. Dann, falls man in dem betreffenden irgend schwache Stellen entdeckt hat, kann man ihm eine falsche Voraussetzung servieren, und sie wird ohne Untersuchung von ihm akzeptiert werden. Sobald er diese falsche Voraussetzung einmal geschluckt hat, ist der Rest sehr einfach. Das Opfer sieht dann nur noch das, von dem der Magier wünscht, daß es gesehen werde – beziehungsweise gibt seine Stimme nur noch diesem einen Politiker oder kauft jene spezielle Ware; alles auf Grund geschickter Werbung.« Er zuckte die Achseln. »Das wäre eigentlich alles, was dran ist.«
»So?« sagte Hugh. »Was aber geschieht denn, wenn Sie mit Leuten zu tun haben, die über eine gewisse Intelligenz verfügen und Ihre falsche Voraussetzung nicht schlucken? Wie vollführen Sie Ihre Tricks dann? Oder stellen Sie alle auf dieselbe Stufe mit nackten Wilden, denen man Glasperlen und Flitterkram andrehen kann?«
»Also, Hugh, das ist aber unfair«, sagte der Arzt. »Der Mann trägt uns seine Ideen vor. Kein Anlaß, gleich gereizt und persönlich zu werden.«
»Vielleicht doch«, sagte Hugh, den Blick fest auf Raymond gerichtet. »Daß er voll von interessanten Ideen steckt, habe ich auch schon herausgefunden. Ich wollte lediglich erfahren, wie weit er für sie praktisch einzustehen gewillt ist.«
Raymond berührte seine Lippen mit der Serviette in einer zierlich-präzisen Tippgebärde und legte sie dann sorgsam vor sich auf den Tisch. »In kurzen Worten«, sagte er, indem er sich direkt an Hugh wandte, »Sie möchten eine kleine Probe meiner Kunst sehen?«
»Das käme darauf an«, sagte Hugh. »Ich habe kein Interesse an Tricketuis mit Zigaretten oder Kaninchen aus Zylindern oder ähnlichem verdammten Blödsinn. Ich würde gern etwas wirklich Gutes sehen.«
»Etwas wirklich Gutes –«, echote Raymond nachdenklich. Er ließ

den Blick im Kreis durch den ganzen Raum wandern, studierte ihn genau und wandte sich dann wieder Hugh zu, indem er auf die mächtige geschlossene eichene Tür zeigte, die unser Eßzimmer hier von dem Wohnzimmer trennte, in dem wir uns vorm Dinner versammelt hatten.
»Die Tür dort ist nicht zugeschlossen, nicht wahr?«
»Nein«, sagte Hugh, »nicht. Sie ist seit Jahren nicht mehr abgeschlossen worden.«
»Aber ein Schlüssel dazu existiert?«
Hugh zog seine Schlüsselkette heraus und löste davon mit einiger Anstrengung einen schweren, altmodischen Schlüssel. »Ja, es ist übrigens derselbe, der auch beim Butler in die Speisekammer paßt.« Die Sache begann ihn wider Willen jetzt selbst zu interessieren.
»Gut. – Nein, bitte, geben Sie ihn nicht mir. Geben Sie ihn dem Doktor. Sie haben Vertrauen in die Ehrenhaftigkeit des Doktors, dessen bin ich gewiß?«
»Ja«, sagte Hugh trocken. »Hab' ich.«
»Ausgezeichnet. Wollen jetzt Sie, Herr Doktor, bitte zu dieser Tür hingehen und sie abschließen.«
Der Arzt marschierte mit seinem festen entschiedenen Schritt zur Tür, stieß den Schlüssel ins Schlüsselloch und drehte herum. Das »Klick« des einschnappenden Stahlriegels klang in der im Zimmer herrschenden Stille unnatürlich laut. Der Arzt kehrte zum Tisch zurück und wollte den Schlüssel hinhalten; aber Raymond wehrte ihn ausdrucksvoll von sich. »Er darf Ihre Hand nicht verlassen oder alles ist verloren«, warnte er.
»So«, sprach Raymond, »als Finale nähere nunmehr ich mich der Tür; schlage mit meinem Taschentuch dagegen –« es streifte das Schlüsselloch kaum – »und, Presto!: die Tür ist aufgeschlossen!«
Der Arzt begab sich sogleich hin, ergriff die Klinke, bewegte sie zweifelnd – und sah dann mit ungekünsteltem Staunen, wie die Tür lautlos weit aufschwang.
»Also – ich laß' mich hängen«, sagte er.
»Irgendwie«, und Elisabeth lachte, »ist also eine falsche Voraussetzung so glatt eingegangen wie eine Auster.«
Der einzige, an dem man etwas wie persönliche Gekränktheit

spürte, war Hugh. »Also meinetwegen«, wollte er wissen: »Aber wie haben Sie es bewirkt?«
»Ich?« fragte Raymond tadelnd und lächelte uns, sichtlich amüsiert, der Reihe nach an. »Aber das waren doch *Sie*, der alles gemacht hat. Ich habe lediglich mein bißchen Kenntnis der menschlichen Natur dazu benützt, um Ihnen auf den Weg zu helfen.«
Ich sagte: »Einen Teil davon getraue ich mir zu erraten. Die Tür war präpariert, war ursprünglich zu; und als der Doktor dachte, er verschlösse sie, war das gar nicht der Fall. In Wahrheit schloß er sie *auf*. Ist das die richtige Antwort?«
Raymond nickte. »Aber natürlich ist es die Antwort. Die Tür *war* vorher zugeschlossen. Ich habe dafür gesorgt; denn bei einem bißchen Überlegung hatte ich schon vermutet, daß im Laufe dieses Abends eine Aufforderung der Art an mich ergehen würde – und so war das die simpelste Weise, mich darauf vorzubereiten. Ich habe lediglich darauf geachtet, als letzter in den Raum einzutreten, und während ich solches tat, machte ich Gebrauch hiervon.« Er hielt die Hand in die Höhe, so daß wir den Metallspan darin erkennen konnten. »Natürlich nur ein ganz gewöhnlicher Dietrich; aber für ein altmodisches, primitives Schloß völlig ausreichend.«
Einen Augenblick lang schaute Raymond gravitätisch drein; dann fuhr er munter fort: »Es war unser verehrter Gastgeber selbst, der die falsche Voraussetzung in Gang brachte, als er sagte, die Tür sei unverschlossen. Er war ein Mann, seiner selbst so sicher, daß ihm nicht einmal der Gedanke kam, sich von etwas so Handgreiflichem zu überzeugen. Der Doktor hier ist ebenfalls ein selbstsicherer Mann und ging folglich in dieselbe Falle. Es ist, wie Sie eben gesehen haben, immer ein bißchen gefährlich, so selbstsicher zu sein.«
»Ich muß das zugeben«, sagte der Arzt bekümmert, »auch wenn es an Ketzerei grenzt, in meinem Berufszweig dergleichen einzugestehen.« Er ließ den Schlüssel, den er bis dahin immer noch in der Hand gehalten hatte, spielerisch über den Tisch zu Hugh hinüberschlittern, der ihn jedoch bis vor sich hin rutschen ließ, ohne danach zu greifen. »Na ja, Hugh; also ob es dir nun gefällt oder nicht – du mußt zugeben, daß der Mann seine Theorie bewiesen hat.«

»Muß ich das?« fragte Hugh sacht. Er saß auf seinem Platz, ein leises Lächeln jetzt um die Lippen, und es war leicht zu erkennen, daß er im Geist einen Gedanken hin und her wendete.
»Oh, komm, du«, sagte der Arzt mit einiger Ungeduld. »Du bist ihm genauso aufgesessen, wie wir andern auch. Das weißt du ganz genau.«
»Aber sicher bist du das, Liebster«, stimmte auch Elisabeth ein.
Ich glaube, daß sie plötzlich eine günstige Gelegenheit zu erkennen meinte, die weiteren Verhandlungen in jene »Friedenskonferenz« umzuwandeln, die ihr Ziel gewesen war; aber ich hätte ihr sagen können, daß sie ihren Zeitpunkt schlecht zu wählen im Begriff stand. Es lag ein Ausdruck in Hughs Augen, der mir gar nicht gefiel – ein umschleierter Blick, der ihm nicht natürlich war. Gewöhnlich, wenn er wirklich zürnte, fuhr er auf, wie ein Ungewitter, und wenn Donner und Blitz dann vorüber waren, zeigte er sich auch wiederum ehrlich zerknirscht. Aber seine augenblickliche Stimmung jetzt war ganz anders. Es lag eine Art schwüler Stille darin, die mich besorgt machte.
Er hakte den einen Arm über die Rückenlehne seines Stuhles und legte den andern auf den Tisch, so daß er schräg dasaß und den Blick fest auf Raymond richten konnte. »Ich scheine zwar nur eine Einmannminderheit zu vertreten«, begann er, »aber ich muß leider dabei bleiben, daß ich Ihren kleinen Trick als enttäuschend empfunden habe. Nicht, daß er etwa nicht klug durchgeführt worden wäre – das gestehe ich ohne weiteres ein –, sondern weil es letztlich ja nicht mehr war, als man von einem guten Schlosser auch erwartet.«
»Oh, das 's' aber 'ne schöne große Portion von sauren Trauben«, spottete der Doktor.
Hugh schüttelte den Kopf. »Nein, ich will lediglich damit sagen, daß, wo es eine Tür mit einem Schloß daran gibt, dessen Schlüssel man in der Hand hat, keine übermäßige Kunstfertigkeit mehr dazu gehört, es auch zu öffnen. In Anbetracht des Renommees unseres Freundes hatte ich eigentlich gedacht, wir würden mehr von ihm zu sehen bekommen.«
Raymond schnitt ein Gesicht. »Da ich mich in der Hoffnung gewiegt hatte, etwas zur Unterhaltung beizutragen«, sagte er, »muß ich mich ob der bereiteten Enttäuschung entschuldigen.«

»Oh, was die reine Unterhaltung anbelangt, klage ich gar nicht. Aber für eine richtige Probe –«
»Eine richtige Probe?«
»Ja; ein bißchen was anderes – sagen wir: eine Tür, *ohne* Schloß oder Schlüssel, mit denen man heimlich manipulieren könnte. Eine geschlossene Tür, die man durch Antippen mit einem Finger zu öffnen vermag, die aber gleichwohl unmöglich zu öffnen ist. Wie würde Ihnen das klingen?«
Raymonds Augen verengten sich nachdenklich, wie wenn er das Bild, das ihm dergestalt skizziert wurde, sich vorzustellen bemüht sei. »Das klingt sehr interessant«, sagte er endlich. »Erzählen Sie mir doch noch mehr davon.«
»Nein«, sagte Hugh, und aus dem plötzlichen Eifer in seiner Stimme spürte ich, daß genau dies der Augenblick war, auf den er hinausgewollt hatte. »Ich werde etwas Besseres tun als das: ich will sie Ihnen *zeigen.*«
Er erhob sich brüsk und wir andern mit ihm – ausgenommen Elisabeth, die auf ihrem Stuhl sitzen blieb. Als ich sie fragte, ob sie auch mitkommen wolle, schüttelte sie nur den Kopf, blieb sitzen und schaute uns, die wir das Zimmer verließen, hoffnungslos hinterher.
Es ging, wie ich daran erkannte, daß Hugh sich unterwegs eine Taschenlampe griff, in die Kellerräume hinab; aber in einen Teil der Gewölbe, die ich vorher noch nie gesehen hatte. Anläßlich einiger weniger Gelegenheiten war ich wohl schon mit heruntergekommen, um die oder jene Flasche Wein aus den Gestellen dort aussuchen zu helfen; aber heute gingen wir am Weinkeller vorbei und weiter in einen langen, nur trübe erleuchteten Tunnel dahinter. Unsere Sohlen schlurften und schleiften laut auf den rauhen Bodensteinen; die Mauern um uns zeigten große Flecke einsikkernder Feuchtigkeit; und so warm die Nacht obendraußen auch war, hier fühlte ich, wie Kälte und Nässe mir eine Gänsehaut auf der Brust entstehen ließen. Als auch der Doktor schauderte und mit hohler Stimme sagte: »Wie die Grabkammern von Atlantis –«, da wußte ich, daß ich mit meinen Gefühlen nicht alleinstand, und empfand darob eine gewisse Erleichterung. Wir hielten am äußersten Ende jenes Tunnels vor etwas an, was ich am besten als einen steinernen Alkoven bezeichnen möchte, der in der

entferntesten Ecke des Gemäuers eingelassen war und vom Fußboden bis zur Decke reichte. Er mochte 1,20 Meter breit sein, nicht ganz das Doppelte tief, und das weite Türmaul zeigte die undurchdringliche Schwärze drinnen. Hugh langte hinein in diese Schwärze und zog eine schwere Tür davor zu.

»Das ist sie«, sagte er knapp. »Einfaches, massives Holz, zehn Zentimeter dick und genau in den Rahmen gepaßt, so daß sie nahezu luftdicht abschließt. Ein feines Stück Zimmermannsarbeit übrigens, von der Art, wie man sie vor 200 Jahren noch lieferte. Und weder Schloß noch Riegel. Lediglich ein Ring auf jeder Seite eingelassen, der als Handgriff dient.« Er stieß die Tür ganz leicht an, und geräuschlos schwang sie unter seiner Berührung auf. »Sehen Sie das? Das ganze Ding ist derart elegant auf seinen Angeln ausbalanciert, daß es sich wie eine Feder bewegt.«

»Ja, aber wozu ist das Ganze da?« fragte ich. »Es muß doch aus irgendeinem Grund angelegt worden sein.«

Hugh lachte kurz. »Ist es auch. Damals, in der schlimmen alten Zeit, wenn ein Diener sich eines Verbrechens schuldig gemacht hatte – und ich glaube nicht, daß solch Verbrechen in viel mehr bestehen mußte, als einem der alten Loziers widersprochen zu haben –, dann wurde er hier reingesteckt, um bereuen zu lernen. Und da der Luftvorrat drinnen allerhöchstens für nur ganz wenige Stunden ausreicht, bereute er entweder verdammt rasch oder überhaupt nicht mehr.«

»Und diese Tür?« erkundigte sich der Doktor vorsichtig. »Diese deine berühmte Tür hier, die sich jedem Fingerdruck öffnet und dann jegliche benötigte Menge Atemluft wieder einläßt – was hinderte den Diener daran, sie zu öffnen?«

»Das da«, sagte Hugh. Er ließ den Lichtkegel in die Zelle fallen, und wir drängten uns hinter ihm, um mit hineinspähen zu können. Der Lichtkreis glitt durch die Zelle bis zur gegenüberliegenden Wand und blieb dann auf einer kurzen, schweren Kette haften, die dort, in etwas über Kopfhöhe, angebracht war und von deren letztem Glied ein U-förmiger Eisenkragen herabhing.

»Ich verstehe«, sagte Raymond, und es waren die ersten Worte, die ich ihn sprechen hörte, seitdem wir das Eßzimmer verlassen hatten. »Es ist tatsächlich sinnreich. Der Mann steht mit dem Rücken zur Wand, das Gesicht türwärts gerichtet. Um den Hals wird ihm der Kragen gelegt, und dann – denn ein Schloß ist ersichtlich nicht vorgesehen – zugemacht, also zugehämmert um seinen Hals. Die Tür wird zugeschlossen; und der Mann verbringt die nächsten paar Stunden wie einer auf einer unsichtbaren Folter, indem er sich abquält, mit dem Fuß den Ring an der Tür zu erreichen – der aber immer gerade außer Reichweite bleibt. Wenn er Glück hat, stranguliert er sich dabei nicht in seinem Eisenkragen; sondern darf noch leben, bis jemand geruht, die Tür für ihn zu öffnen.«

»Mein Gott«, sagte der Arzt. »Sie geben einem richtig das Gefühl, als durchlebe man es selbst.«

Raymond lächelte schwach. »Ich habe viel dergleichen Erfahrungen durchleben müssen, und, glauben Sie mir, die Wirklichkeit ist doch immer noch ein bißchen schlimmer als die lebhafteste Phantasie. Jedesmal kommt unweigerlich ein allerletzter Moment des Schreckens und der Panik, wenn das Herz so irrsinnig hämmert, daß Sie meinen, es wolle Ihnen die Rippen sprengen, und der kalte Schweiß Ihnen binnen der Kürze eines Atemzuges rundherum ausbricht. Dann ist der Zeitpunkt gekommen, wo Sie sich in der Hand haben müssen; wo Sie jegliche Schwäche abschütteln müssen und sich aller Lektionen erinnern, die Sie je im Leben gelernt haben. Tun Sie das nicht –«, und er zog sich die Handkante über die magere Gurgel. »Unglücklicherweise geht das normale Opfer einer solchen Vorrichtung«, schloß er bekümmert, »da ihm die erforderliche Energie und Ausbildung, sich zu helfen, mangelt, meist in die Knie.«

»Was Sie nicht tun würden«, sagte Hugh.

»Ich habe keinen Grund, das anzunehmen.«

»Sie meinen also«, und wieder begann, stärker denn je, in Hughs Stimme der Eifer von vorhin hörbar zu werden, »daß unter genau denselben Bedingungen, wie damals vor 200 Jahren jemand, angekettet –: daß Sie diese Tür dann zu öffnen vermöchten?«

Die herausfordernde Note war allzu deutlich, um leichthin beiseite geschoben zu werden. Raymond stand eine lange Minute schweigend da, mit vor Konzentration verzogenem Gesicht, ehe er antwortete.

»Ja«, sagte er. »Leicht würde es nicht sein – das Problem wird schrecklich, gerade durch seine Einfachheit –, aber gelöst werden könnte es.«

»Wie lange meinen Sie, daß Sie dazu brauchen würden?«
»Eine Stunde höchstens.«
Hugh hatte einen weiten Umweg gemacht, um bis zu diesem Punkt zu gelangen; jetzt stellte er langsam, genüßlich, die letzte Frage: »Würden Sie darauf wetten wollen?«
»Moment mal jetzt«, sagte der Doktor. »Also das gefällt mir ganz und gar nicht.«
»Und ich stimme dafür, wir vertagen uns und trinken erst mal einen«, warf ich ein. »Ein Spaß ist was Schönes; aber wenn wir hier unten noch lange rumdalbern, holen wir uns am Ende alle womöglich 'ne Lungenentzündung.«
Weder Hugh noch Raymond schienen ein Wort davon vernommen zu haben. Sie standen und starrten einander an – Hugh ungeduldig und wie auf Nadeln; Raymond bedächtig –, bis Raymond fragte: »Worin soll die vorgeschlagene Wette bestehen?«
»In folgendem: Wenn Sie verlieren, ziehen Sie binnen eines Monats aus Dane-Haus aus und verkaufen es an mich.«
»Und falls ich gewinne?«
Es fiel Hugh nicht leicht, es auszusprechen; aber endlich brachte er es doch über die Lippen: »Dann bin ich derjenige, der geht. Und für den Fall, daß Sie Hilltop nicht kaufen wollen, verpflichte ich mich, es dem ersten zu lassen, der ein Angebot macht.«
Für jeden, der Hugh kannte, hörte sich dergleichen Äußerung aus seinem Mund derart phantastisch, derart unsinnig an, daß keiner von uns Worte zu finden vermochte. Am schnellsten erholte sich noch der Doktor wieder.
»Du kannst nicht für dich allein sprechen, Hugh«, warnte er. »Du bist ein verheirateter Mann. Elisabeths Gefühle müssen auch mit in Betracht gezogen werden.«
»Gilt die Wette?« wollte Hugh von Raymond wissen. »Sind Sie bereit, mitzumachen?«
»Ich glaube, ich muß, ehe ich die Frage beantworte, eine Erklärung abgeben.« Raymond machte eine Pause und fuhr dann langsam fort: »Ich fürchte, daß ich bei Ihnen den Eindruck hervorgerufen habe – aus falschem Stolz meinerseits, vielleicht –, daß, als ich meine Karriere aufgab, dies aus einer gewissen Langeweile geschehen ist, aus einem Nachlassen des Interesses an meinem Beruf. Das ist nicht ganz die reine Wahrheit gewesen. In Wirklichkeit

habe ich vor ein paar Jahren einen Arzt aufsuchen müssen; der Arzt hat das Herz abgehorcht; und auf einmal war mein Herz eben die wichtigste Sache von der Welt geworden. Ich sage Ihnen das jetzt; weil ich Ihre Herausforderung – die ich ansonsten gern als durchaus originelle und interessante Art, Differenzen zwischen Nachbarn beizulegen, anerkenne – aus gesundheitlichen Gründen leider ablehnen muß.«

»Vor einer Minute waren Sie noch gesund genug«, sagte Hugh mit harter Stimme.

»Vielleicht nicht ganz so sehr, wie Sie sich wünschen möchten, mein Freund.«

»Mit andern Worten also«, sagte Hugh bitter, »hier steht kein Komplize bereit; kein Schlüsselchen in Ihrer Tasche, das aushelfen könnte, und keine Möglichkeit, die Leute zu illusionieren, daß sie sähen, was nicht da ist! Folglich müssen Sie zugeben, daß Sie geschlagen sind.«

Raymond versteifte sich sichtlich. »Ich gebe nichts dergleichen zu. Was ich, selbst für einen solchen Test, an Werkzeugen benötigte, habe ich bei mir. Glauben Sie mir, es würde immer noch reichen.«

Hugh lachte laut auf, und der Klang schepperte in lauter kleinen Echos durch all die Korridore hinter uns davon. Ich bin mir sicher, daß es dieser Klang war – die lebendige Verachtung darin, die von Wand zu Wand um uns hin und her prallte –, die Raymond in die Zelle treten machte.

Hugh schwang den Schlägel, einen schweren Schmiedehammer, aber mit ganz kurzem Stiel; und der Kragen um Raymonds Hals nahm langsam Kreisform an, als Hugh das gegen die Mauer angestemmte Eisen mit gleichmäßigen kräftigen Hieben traf. Als er zu Ende war, sah ich das fahle Glimmen der Radiumziffern einer Uhr, die Raymond in seiner pechschwarzen Finsternis ablas.

»Wir haben jetzt 23 Uhr«, sagte er gelassen. »Die Wette lautet dahingehend, daß bis Mitternacht die Tür offen sein muß, und es spielt dabei keine Rolle, was für Hilfsmittel verwendet worden sind. Das sind die Bedingungen, und Sie, meine Herren, sind Zeugen.«

Dann wurde die Tür geschlossen, und das Gehen begann.

Hin und her gingen wir – wir drei –, wie wenn wir gezwungen

wären, jede nur denkbare geometrische Figur auf dem Steinboden zu laufen; der Arzt mit seinem raschen ungeduldigen Tritt, und ich, der ich mich Hughs langen nervösen Schritten angepaßt hatte. Ein törichtes, sinnloses Gemarschiere, auf und ab und hin und her, über unsere eigenen Schatten weg, wobei jeder von uns die Zeit dadurch festzustellen suchte, daß er die verfließenden Sekunden mitzählte, und jeder sich schämte, der erste zu sein, der auf die Uhr sähe.

Eine Zeitlang gab es zu dem Geräusch unserer Füße etwas wie ein Gegenstück aus dem Innern der Zelle. Ein kaum wahrnehmbares Klinkern von Ketten kam in kurzen, regelmäßigen Abständen. Dann wieder eine längere Stille, gefolgt von einer Erneuerung jenes Klanges. Als es wieder einmal länger aussetzte, vermochte ich mich nicht länger zurückzuhalten – ich hielt meine Armbanduhr in das gelblich-trübe Licht der schwachen Birne an der Decke und sah mit Bestürzung, daß kaum 20 Minuten vergangen waren.

Danach zögerten dann aber auch die anderen nicht mehr, ihrerseits nach der Uhrzeit zu sehen, und das machte es doch tatsächlich noch schwerer zu ertragen, als das vorherige bloße Raten. Ich ertappte den Doktor dabei, daß er seine Uhr mit kleinen kurzen Schnurrdrallen aufzog; sie ein paar Minuten später bereits wieder aufzuziehen versuchte und plötzlich seine Hand wie angewidert sinken ließ, als ihm klarwurde, daß es bereits geschehen war. Hugh ging sogar mit der Uhr vor die Augen gehalten, als ob er durch Konzentration auf den schneckenkriechenden Minutenzeiger ihn rascher um das Zifferblatt kreisen lassen könnte.

30 Minuten waren so vergangen.

40.

45.

Ich weiß noch, daß, als ich auf meine Uhr blickte und sah, daß jetzt weniger als 15 Minuten zurückzulegen wären, ich mich wunderte, ob ich selbst diese kurze Zeit noch würde aushalten können. Die Kälte war inzwischen derart tief in mich eingedrungen, daß sie mir förmlich weh tat. Entsetzen überkam mich, als ich sah, daß Hughs Gesicht schweißüberströmt war und daß buchstäblich unter meinem Blick die Perlen sich bildeten und ihm herunterrannen.

Und gerade, während ich ihn noch fasziniert angaffte, geschah es. Der Klang drang durch die Zellenwand wie eine Totenklage, die

man aus großer Ferne vernimmt, und schauderte über uns hin, als buchstabiere es geisterschlaff die einzelnen Worte.
»*Doktor!*« schrie es leise: »*Luft* –«
Es war wohl Raymonds Stimme; aber die Dicke der Mauern, die ihr den Durchgang wehrte, verwandelte sie in einen hohen dünnen Schall. Am offenkundigsten darin war noch der Klang reinsten Grauens und der Bitte, die aus solchem Grauen entsprang.
»*Luft* –«, kreischte es leis', und das Wort schlug Blasen am Ende und drieselte sich in ein langgezogenes aus, das keinen Sinn mehr hatte.
Und dann war es still.
Wir sprangen beide zur Tür; aber Hugh war noch eher da, stand mit dem Rücken dagegen und sperrte uns den Weg. In der erhobenen Faust hielt er den Hammer, der Raymonds Kragen zum Kreis zusammengedroschen hatte.
»Wegbleiben!« schrie er. »Kommt ja keinen Schritt näher, ich warn' euch!«
Die Wut in ihm, unterstützt von der Drohung der Thorwaffe, ließ uns wie in den Boden gewurzelt, stehenbleiben.
»Hugh«, begann der Doktor beschwörend, »ich weiß, was du denkst; aber das ist doch nunmehr erledigt. Die Wette ist hinfällig, und ich öffne diese Tür auf meine eigene Verantwortung. Mein Wort darauf.«
»Dein Wort?: Ach! Erinnerst du dich vielleicht an den Wortlaut der Wette, Doktor? Binnen Stundenfrist muß die Tür offen sein – *und es spielt dabei keine Rolle, was für Hilfsmittel verwendet worden sind!* Begreift ihr jetzt? Er hält euch beide zum Narren. Er simuliert eine Sterbeszene, damit ihr die Tür aufstoßen und die Wette für ihn gewinnen sollt. Aber es handelt sich um meine Wette, nicht um die eure, und das letzte Wort in dieser Angelegenheit habe ich!«
An der Art, wie er sich ausdrückte, erkannte ich, daß er – obwohl seine Stimme wie ein gespanntes Seil schütterte – vollkommen im Besitz seiner Selbstbeherrschung war, und das machte es alles ja nur noch schlimmer.
»Wieso weißt du, daß er simuliert?« bedrängte ich ihn. »Der Mann hat gesagt, er hätte einen Herzfehler. Und daß es, in einer Situation wie dieser, grundsätzlich einen Augenblick gäbe, wo ihn

Panik befiele und er die Belastung spüre. Welches Recht hast du, ein Spiel mit seinem Leben zu treiben?« »Verdammt – habt ihr denn nicht gemerkt, daß er kein Wort von ›Herzfehler‹ gesagt hat, bis er eine Wette witterte? Seht ihr nicht ein, daß das die Art ist, wie er uns die Falle gestellt hat; genau wie vorhin, als er heimlich meine Tür zuschloß und sich dann bei mir an den Tisch zum Dinner hinsetzte! Aber diesmal wird es niemanden geben, der sie für ihn aufspringen läßt – niemanden!«

»Hugh, hör mich an«, sagte der Arzt, und seine Stimme war wie ein Peitschenschlag. »Gibst du mir zu, daß auch nur eine schwache Möglichkeit bestünde, daß der Mann da drin tot sein, beziehungsweise im Sterben liegen könnte?«

»Jawohl, das ist möglich – möglich ist alles.«

»Mir liegt nichts ferner jetzt, als irgend Haare zu spalten. Aber ich sage dir, daß, falls diesem Mann tatsächlich schlecht ist, es auf jede einzelne Sekunde ankommt, und daß du ihm diese Zeit stiehlst. Und falls das der Fall sein sollte, Hugh – also bei Gott, du, ich setz' mich auf die Zeugenbank bei deinem Prozeß und sage unter Eid aus, daß du ihn ermordet hast! Ist es das, was du willst?«

Hughs Kopf war auf die Brust gesunken, aber noch lag seine Hand fest um den Griff des Hammers. Ich konnte das Rasseln des Atems vernehmen, wie er ihn schwerfällig durch die Kehle sog, und als er den Kopf jetzt hob, waren seine Züge grau und eingefallen. Die Qual der Entschlußlosigkeit stand ihm in jeglicher schweißschlierigen Falte geschrieben.

Und da begriff ich auf einmal, was Raymond an jenem Tage gemeint hatte, als er Hugh von der Offenbarung sprach, die jener angesichts eines vollendeten Dilemmas vielleicht erleben könnte. Es war die Offenbarung dessen, was ein Mensch in bezug auf sich selbst zu lernen vermag, wenn er einmal gezwungen wird, in seine eigenen Tiefen zu schauen; und Hugh war eben dabei, es zu erleben.

In jenen dämmrigen Gewölben, während die erbarmungslosen Sekunden uns lauter und lauter in die Ohren donnerten, harrten wir, um zu sehen, wozu er sich entschließen würde.

Die Segensreich-Methode Mr. Treadwell war ein kleiner, liebenswürdiger Mann, der für eine gutgehende Firma in New York City arbeitete und dessen Stellung bei dieser Firma ihn berechtigte, sein eigenes Büro zu haben.
Am späten Nachmittag eines schönen Junitages betrat ein Besucher dieses Büro. Der Besucher war untersetzt, gut gekleidet und imposant. Sein Teint war glatt und rosig, seine kleinen, kurzsichtigen Augen leuchteten fröhlich hinter dicken, horngefaßten Brillengläsern.
»Mein Name«, sagte er, nachdem er seine pralle Aktenmappe abgelegt hatte, und schüttelte Mr. Treadwells Hand mit zermalmendem Griff, »mein Name ist Bunce, und ich vertrete die Gesellschaft für Gerontologie. Ich bin hier, um Ihnen bei der Lösung Ihres Problems zu helfen, Mr. Treadwell.«
Mr. Treadwell seufzte. »Da Sie mir völlig fremd sind, mein Lieber«, sagte er, »und da ich niemals von dem Verein gehört habe, den zu vertreten Sie vorgeben, und da ich überdies gar kein Problem habe, das Sie überhaupt etwas angehen könnte, bedaure ich, Ihnen sagen zu müssen, daß ich kein Abnehmer bin – was immer Sie auch loswerden wollen. Nehmen Sie mir's also nicht übel.«
»Übelnehmen?« sagte Bunce. »Natürlich nehme ich's übel. Die Gesellschaft für Gerontologie versucht nicht, irgend jemand irgend etwas zu verkaufen, Mr. Treadwell. Die Interessen der Gesellschaft sind ausschließlich philanthropischer Natur. Wir gehen bestimmten Fällen nach, fertigen Berichte darüber an und arbeiten

an der Beseitigung einer der tragischsten Situationen, vor die wir in der modernen Gesellschaft gestellt sind.«

»Und die wäre?«

»Das sollte eigentlich schon aus dem Namen der Gesellschaft hervorgehen, Mr. Treadwell. Gerontologie ist das Studium des Alterns und der Probleme, die damit zusammenhängen. Verwechseln Sie das bitte nicht mit Geriatrie. Geriatrie behandelt die Krankheiten des Alters. Gerontologie befaßt sich mit dem Alter selbst als dem eigentlichen Problem.«

»Ich werde versuchen, mir's zu merken«, sagte Mr. Treadwell ungeduldig. »Unterdessen nehme ich an, dürfte wohl eine kleine Spende das Gegebene sein. Sagen wir: fünf Dollar?«

»Nein, o nein, Mr. Treadwell, keinen Pfennig, keinen roten Heller! Ich weiß wohl, daß dies die übliche Art ist, mit allen möglichen philanthropischen Organisationen umzugehen. Aber die Gesellschaft für Gerontologie arbeitet auf völlig andere Weise. Unsere Aufgabe ist es, Ihnen zuerst bei der Lösung Ihres Problems zu helfen. Erst dann würden wir uns berechtigt fühlen, etwas von Ihnen zu verlangen.«

»Fein«, sagte Mr. Treadwell etwas liebenswürdiger. »Dann sind wir schon quitt. Ich habe kein Problem, also bekommen Sie auch keine Spende. Es sei denn, Sie wollten sich's doch anders überlegen?«

»Anders überlegen?« sagte Bunce gequält. »Sie sind es, Mr. Treadwell, nicht ich, der sich's anders überlegen muß. Einige der traurigsten Fälle, die unsere Gesellschaft bearbeitet, sind Fälle von Leuten, die sich lange geweigert haben, ihr Problem überhaupt wahrzunehmen oder seine Existenz einzugestehen. Ich habe monatelang an Ihrem Fall gearbeitet, Mr. Treadwell. Ich hätte mir nie träumen lassen, daß Sie unter diese Kategorie fallen würden.«

Mr. Treadwell tat einen tiefen Atemzug. »Wären Sie geneigt, mir zu sagen, was Sie eigentlich meinen mit dem Unsinn von der Arbeit an meinem Fall? Ich war nie ein Fall für irgendeine Gesellschaft oder Organisation, wie sie auch heißen mag.«

Im Handumdrehen hatte Bunce seine Aktentasche aufgeklappt und einige Bogen Papier herausgenommen.

»Wenn Sie die Güte hätten«, sagte er, »ich würde gern die einzelnen Punkte dieses Berichtes mit Ihnen durchgehen. Sie sind siebenundvierzig Jahre alt und bei bester Gesundheit. Sie besitzen ein Wohnhaus in East Sconsett, Long Island, für das Sie noch neun Jahre lang Hypotheken-Abzahlungen zu leisten haben, und Sie besitzen außerdem einen Wagen neueren Modells, für den Sie noch achtzehn Monatsraten zu zahlen haben. Dessenungeachtet leben Sie, dank Ihres ausgezeichneten Gehalts, in finanziell geordneten Verhältnissen. Habe ich recht?«

»So recht wie das Kredit-Institut, das Ihnen diesen Bericht gegeben hat«, sagte Mr. Treadwell.

Bunce zog vor, das zu überhören. »Kommen wir nun zur Hauptsache. Sie sind seit dreiundzwanzig Jahren glücklich verheiratet und haben eine Tochter, die letztes Jahr geheiratet hat und seither mit ihrem Mann in Chicago lebt. Nachdem sie Ihr Heim verlassen hatte, zog Ihr Schwiegervater, ein Witwer und ein etwas wunderlicher Herr, ins Haus und wohnt seither mit Ihnen und Ihrer Frau zusammen.«

Bunces Stimme bekam einen tiefen, eindringlichen Klang. »Er ist zweiundsiebzig Jahre alt, und abgesehen von einer leichten Bursitis in der rechten Schulter, erfreut er sich einer für sein Alter ausgezeichneten Gesundheit. Er hat bei mehreren Anlässen betont, daß er hoffe, noch zwanzig Jahre zu leben, und nach den genau herausgearbeiteten Statistiken, die meine Gesellschaft gesammelt hat, besteht jede Möglichkeit, daß er das auch tut. Verstehen Sie jetzt, Mr. Treadwell?«

Es dauerte lange, bis die Antwort kam. »Ja«, sagte Mr. Treadwell endlich, und er flüsterte fast: »Jetzt verstehe ich.«

»Gut«, sagte Bunce mitfühlend. »Sehr gut. Der Anfang ist immer schwer – das Eingeständnis, daß es tatsächlich ein Problem gibt, das Sie bedrückt und das Ihnen jeden Tag, den Gott werden läßt, verdunkelt. Auch bedarf es nicht der Frage, warum Sie alle Anstrengungen machen, es sogar vor sich selber zu verheimlichen. Sie möchten Mrs. Treadwell mit Ihrem Kummer verschonen, nicht wahr?«

Mr. Treadwell nickte.

»Würde es Sie erleichtern«, fragte Bunce, »wenn ich Ihnen sagte, daß Mrs. Treadwell Ihre Gefühle teilt? Daß auch sie ihres Vaters Anwesenheit in ihrem Haus als Last empfindet, die von Tag zu Tag schwerer wird?«

»Aber das kann sie doch nicht!« sagte Mr. Treadwell bestürzt. »Sie war es doch, die vorgeschlagen hat, er sollte bei uns leben, nachdem Sylvia geheiratet hatte und wir ein Zimmer übrig hatten. Sie hat mir klargemacht, wieviel er doch für uns getan habe, als wir damals anfingen, und wie leicht es sei, mit ihm auszukommen, und wie wenig er kosten würde – sie hat mir die ganze Geschichte erst eingeredet. Ich kann nicht glauben, daß sie's nicht ernst gemeint haben soll!«
»Natürlich hat sie's ernst gemeint. Sie hatte all die üblichen Gefühle beim Gedanken an ihren alten Vater, der irgendwo ganz allein lebte, sie bot all die herkömmlichen Argumente zu seinen Gunsten auf, und dabei war sie jeden Augenblick ehrlich. Die Falle, in die sie Sie beide führte, war die Grube, in die jeder fällt, der sich trüber Gefühlsduselei ergibt. Ja, manchmal bin ich wirklich geneigt zu glauben, daß Eva den Apfel nur gegessen hat, um die Schlange glücklich zu machen«, sagte Bunce und schüttelte bei diesem Gedanken ärgerlich den Kopf.
»Arme Carol«, stöhnte Mr. Treadwell, »wenn ich nur gewußt hätte, daß es sie genauso quält wie mich –«
»Ja?« sagte Bunce. »Was hätten Sie dann getan?«
Mr. Treadwell runzelte die Stirn. »Ich weiß es nicht. Aber es hätte uns doch irgend etwas einfallen müssen, wenn wir es uns nur gemeinsam überlegt hätten.«
»Was?« fragte Bunce. »Den Mann aus dem Haus jagen?«
»Nein, nicht gerade so etwas.«
»Was dann?« beharrte Bunce. »Ihn in ein Altersheim stecken? Da gibt's einige außerordentlich luxuriöse Heime für diesen Zweck. Etwas Derartiges müßten Sie schon in Betracht ziehen, da er ja schließlich kein Fall für die Wohlfahrt ist; außerdem kann ich mir nicht vorstellen, daß er den Gedanken, in ein öffentliches Heim zu gehen, besonders freundlich aufnehmen würde.«
»Wer tut das schon?« meinte Mr. Treadwell. »Und was diese Heime betrifft, so habe ich mich mal mit der Idee befaßt, aber als ich erfuhr, was sie kosten, war's aus. Es wäre ein Vermögen.«
»Vielleicht«, schlug Bunce vor, »könnte man ihm eine eigene Wohnung besorgen – eine kleine, preiswerte Bleibe und jemand, der ihn versorgt.«
»Das ist zufällig genau das, was er aufgegeben hat, um zu uns zu

ziehen. Und wenn ihn jemand versorgt – Sie würden nicht glauben, was das kostet. Vorausgesetzt, man findet überhaupt jemand, der ihm paßt.«

»Richtig«, sagte Bunce und schlug hart mit der Faust auf den Tisch. »In jeder Beziehung richtig, Mr. Treadwell.«

Mr. Treadwell sah ihn böse an. »Was soll das heißen – richtig? Ich hatte gedacht, Sie wollten mir in dieser Angelegenheit behilflich sein, aber bis jetzt haben Sie mir noch keinen einzigen Vorschlag anzubieten gehabt. Und dabei tönen Sie, als hätten wir die schönsten Fortschritte gemacht.«

»Haben wir, Mr. Treadwell, haben wir. Auch wenn Sie's gar nicht gewahr geworden sind, haben wir soeben den zweiten Schritt zu Ihrer Befreiung getan. Der erste Schritt war das Eingeständnis, daß es ein Problem gibt; der zweite Schritt war die Erkenntnis, daß es, ganz gleich wie man die Sache auch ansieht, keine logische oder praktische Lösung des Problems zu geben scheint. Auf diese Weise sind Sie nicht nur Beobachter, Sie haben sogar tatsächlich Anteil an dem großartigen Verfahren der Segensreich-Methode, die Ihnen am Ende die einzig mögliche Lösung fertig in Ihre Hände legt.«

»Die Segensreich-Methode?«

»Verzeihen Sie«, sagte Bunce. »In meinem Enthusiasmus habe ich eine Bezeichnung benutzt, die wissenschaftlich noch nicht en vogue ist. Ich muß deshalb erklären, daß die Segensreich-Methode eine Bezeichnung ist, die meine Mitarbeiter bei der Gesellschaft für Gerontologie dieser Art des Verfahrens gegeben haben. Es ist so benannt zu Ehren von J. G. Segensreich, dem Gründer der Gesellschaft und einem der großen Männer unserer Zeit. Noch hat er nicht die ihm gebührende Anerkennung gefunden, aber auch das wird kommen. Denken Sie an meine Worte, Mr. Treadwell, eines Tages wird der Klang seines Namens den von Malthus übertönen.«

»Komisch, ich habe noch nie von ihm gehört«, sann Mr. Treadwell. »Gewöhnlich bin ich doch auf dem laufenden durch die Zeitungen. Und noch etwas«, fügte er hinzu, wobei er Bunce mit zusammengekniffenen Augen ansah, »wir sind noch nicht darauf zurückgekommen, wieso Sie gerade meinen Fall auf Ihrer Liste haben, und wie Sie es fertiggebracht haben, so viel über mich herauszukriegen.«

Bunce lachte wohlgefällig. »Wenn Sie es so sagen, klingt's geheimnisvoll. Schauen Sie, Mr. Treadwell, die Gesellschaft hat Hunderte von Ermittlungsbeamten, die unser großes Land von Küste zu Küste durchforschen, wovon die Bevölkerung im allgemeinen aber nichts merkt. Es ist gegen die Vorschriften der Gesellschaft, daß sich irgendein Angestellter als professioneller Ermittlungsbeamter ausgibt – er würde sofort seine ganze Wirksamkeit einbüßen. Es ist auch nicht so, daß diese Ermittler bei einer bestimmten Person anfangen. Ihr Interesse erstreckt sich auf *jede* ältere Person, die bereit ist, über sich selber zu reden, und Sie wären überrascht, wie redselig die meisten älteren Leute in bezug auf ihre intimsten Angelegenheiten sind. Das heißt natürlich: solange sie unter Fremden sind.

Diese Personen trifft man wie von ungefähr auf Parkbänken, in Gasthäusern, in Büchereien – an jedem Ort, welcher der Bequemlichkeit und der Unterhaltung förderlich ist. Der Ermittler freundet sich mit den Personen an, bringt sie dazu, aus sich herauszugehen, und versucht besonders, soviel wie möglich über die jüngeren Leute zu erfahren, auf die diese Alten angewiesen sind.«

»Sie meinen«, sagte Mr. Treadwell mit wachsendem Interesse, »die Leute, die sie unterstützen?«

»Nein, nein«, sagte Bunce. »Sie machen den üblichen Fehler und setzen Abhängigkeit mit Finanzierungen gleich. Natürlich gibt es in vielen Fällen eine finanzielle Abhängigkeit, aber das ist der unbedeutendere Teil des Gesamtbildes. Der wichtigste Faktor ist immer eine gefühlsmäßige Abhängigkeit. Selbst wo eine räumliche Entfernung den älteren Menschen von dem jüngeren trennen mag, diese gefühlsmäßige Abhängigkeit ist immer da. Das ist wie ein Strom zwischen den beiden. Der jüngere Mensch wird schon durch die bloße Tatsache, daß der ältere existiert, mit Schuldgefühl und Ärger beladen. Es war die persönliche Erfahrung dieses tragischen Dilemmas unserer Zeit, die J. G. Segensreich zu seinem großen Werk inspiriert hat.«

»Mit anderen Worten«, sagte Mr. Treadwell, »Sie meinen, selbst wenn der alte Mann nicht bei uns leben würde, wäre dies alles genauso schlimm für Carol und mich?«

»Sie scheinen das zu bezweifeln, Mr. Treadwell. Aber sagen Sie mir doch, was macht die Sache denn jetzt so schlimm, um bei Ihren eigenen Worten zu bleiben?«

Mr. Treadwell bedachte sich. »Nun«, sagte er, »ich glaube, es liegt einfach daran, daß man andauernd eine dritte Person um sich herum hat. Das geht einem nach einer Weile auf die Nerven.«

»Aber Ihre Tochter hat als dritte Person über zwanzig Jahre in Ihrem Haus gelebt«, stellte Bunce fest. »Dennoch bin ich sicher, Sie haben ihr gegenüber nie eine ähnliche Empfindung gehabt.«

»Das ist etwas ganz anderes«, protestierte Mr. Treadwell. »Mit einem Kind hat man viel Spaß, man kann mit ihm spielen, kann zusehen, wie es heranwächst –«

»Warten Sie!« sagte Bunce. »Jetzt treffen Sie genau ins Schwarze. All die Jahre, in denen Ihre Tochter mit Ihnen lebte, hatten Sie das Vergnügen, sie aufwachsen zu sehen. Sie sahen sie erblühen wie eine schöne Blume, sahen schließlich, wie sie sich als Erwachsene entwickelte. Aber der alte Mann in Ihrem Haus kann jetzt nur noch dahinwelken, nur noch langsam absterben, und dies mit ansehen zu müssen, wirft auch auf Ihr Leben einen Schatten, nicht wahr?«

»Ich glaube schon.«

»Also in diesem Fall glauben Sie wirklich, daß es einen Unterschied machen würde, wenn er nun irgendwo anders lebte? Würden Sie weniger davon spüren, daß er dahinwelkt und abstirbt und sehnsüchtig aus der Ferne auf Sie blickt?«

»Natürlich nicht. Carol würde wahrscheinlich halbe Nächte lang nicht schlafen vor lauter Sorge um ihn, und schon ihretwegen müßte ich mich auch in Gedanken dauernd mit ihm beschäftigen. Das ist doch ganz natürlich, oder nicht?«

»In der Tat, so ist es, und ich freue mich, sagen zu können, daß Sie mit dieser Erkenntnis den dritten Schritt der Segensreich-Methode vollzogen haben. Sie erkennen nun, daß es nicht die Gegenwart der alternden Person ist, die das Problem heraufbeschwört, sondern ihre Existenz.«

Mr. Treadwell verzog nachdenklich den Mund. »Das gefällt mir nicht, was Sie da sagen.«

»Warum nicht? Ich stelle nur eine Tatsache fest.«

»Vielleicht tun Sie das, aber da ist noch etwas dabei, das hinterläßt einen schlechten Geschmack im Mund. Es ist, als ob man sagen würde, der einzige Ausweg für Carol und mich aus unseren Schwierigkeiten sei der Tod des alten Mannes.«

»Ja«, sagte Bunce ernst, »es ist, als ob man das sagen würde.«
»Nun, ich mag das nicht – überhaupt nicht. Bei dem Gedanken, daß man jemand tot sehen möchte, kommt man sich doch ziemlich gemein vor. Und soviel ich weiß, hat dieser Wunsch auch noch niemand wirklich umgebracht.«
Bunce lächelte. »Nein?« sagte er sanft.
Er und Mr. Treadwell beobachteten einander schweigend. Dann zog Mr. Treadwell mit kraftlosen Fingern ein Taschentuch aus der Rocktasche und betupfte damit seine Stirn. »Sie«, sagte er mit Bedacht, »sind entweder ein Verrückter oder ein alberner Witzbold. Wie dem auch sei, ich verlange, daß Sie hier verschwinden. Das will ich Ihnen raten.«
Bunces Gesicht war ganz mitfühlende Anteilnahme.
»Mr. Treadwell«, rief er, »haben Sie nicht verstanden, daß Sie gerade im Begriff waren, den vierten Schritt zu tun? Sehen Sie denn nicht, wie nahe Sie Ihrer Befreiung sind?«
Mr. Treadwell zeigte auf die Tür. »Raus – oder ich rufe die Polizei!«
Der Ausdruck auf Bunces Gesicht wechselte von Anteilnahme zu Abscheu. »Oh, hören Sie doch auf, Mr. Treadwell, Sie glauben doch nicht, irgend jemand würde die konfuse, unmögliche Geschichte ernst nehmen, die Sie erzählen würden. Bitte überlegen Sie sorgfältig, ehe Sie vorschnell handeln, jetzt oder später. Wenn die wahren Gründe unseres Gesprächs auch nur erwähnt würden, wären Sie der einzige, der darunter zu leiden hätte, das können Sie mir glauben. Inzwischen lasse ich Ihnen meine Karte da. Wann immer Sie mich zu beehren wünschen, ich stehe zu Ihren Diensten.«
»Und warum sollte ich jemals wünschen, Sie zu beehren?« fragte Mr. Treadwell mit bleichem Gesicht.
»Da gibt es verschiedene Gründe«, sagte Bunce, »aber einen vor allem.« Er suchte seine Sachen zusammen und wandte sich zur Tür. »Bedenken Sie, Mr. Treadwell, jedermann, der die ersten drei Stufen der Segensreich-Methode erklommen hat, kann nicht umhin, auch die vierte zu ersteigen. Sie haben beachtliche Fortschritte in kürzester Zeit gemacht, Mr. Treadwell, Sie werden mich wohl bald aufsuchen.«
»Eher sehen wir uns in der Hölle wieder«, sagte Mr. Treadwell.

Trotz dieser wenig vornehmen Verabschiedung machte Mr. Treadwell nun eine schlimme Zeit durch. Das Unglück war, seit er die Segensreich-Methode kannte, ging sie ihm nicht mehr aus dem Sinn. Sie brachte ihn auf Gedanken, die er nur mit Mühe wieder verdrängen konnte, und sie veränderte außerdem den Umgang mit seinem Schwiegervater auf wenig schöne Weise.
Niemals zuvor war der alte Mann so aufdringlich gewesen, so sehr im Wege und so sehr in der Lage, jederzeit genau das zu sagen oder zu tun, was am meisten geeignet war, Verdruß zu bringen. Besonders wütend wurde Mr. Treadwell, wenn er sich vorstellte, wie dieser Eindringling in seinem Haus völlig fremden Menschen seine privaten Angelegenheiten vorplapperte, wie er allzeit bereit war, Einzelheiten aus seinem Familienleben an bezahlte Ermittler weiterzutratschen, die nur darauf aus waren, Ärger zu machen. Und in dem fiebrigen Gemütszustand, in dem sich Mr. Treadwell befand, ließ er es auch nicht als Entschuldigung gelten, daß die Ermittler als solche gar nicht erkennbar waren.
Im Laufe weniger Tage mußte Mr. Treadwell, der stolz darauf war, ein vernünftiger, klarsichtiger Geschäftsmann zu sein, sich eingestehen, daß es mit ihm schlecht bestellt war. Überall glaubte er, Anzeichen für eine phantastische Verschwörung zu erkennen. Er malte sich aus, wie Hunderte – nein, Tausende – von Bunces im ganzen Land in alle Büros ausschwärmten, genau wie in das seine, und bei dem Gedanken trat ihm kalter Schweiß auf die Stirn.
Aber, sagte er sich, das Ganze ist doch wirklich zu hirnverbrannt. Er konnte das auch beweisen, indem er sich einfach seine Unterhaltung mit Bunce vor Augen hielt, und das tat er auch ein paar dutzendmal. Schließlich war es nichts weiter als die objektive Betrachtung eines sozialen Problems. War irgend etwas gesagt worden, wovor ein wahrhaft intelligenter Mann zurückschrecken müßte? Keineswegs. Wenn er daraus so schockierende Folgerungen gezogen hatte, dann deshalb, weil der Gedanke schon in seinem Kopf rumort und einen Ausweg gesucht hatte.
Andererseits ...
Es verschaffte Mr. Treadwell gewaltige Erleichterung, als er sich am Ende entschloß, die Gesellschaft für Gerontologie aufzusuchen. Er wußte, was er dort finden würde: Einen schmutzigen Raum oder auch zwei, ein paar unterbezahlte Schreibkräfte, den

sauren Geruch unbedeutender karitativer Werke – alles dies würde die Dinge wieder ins rechte Lot rücken. Er war so erfüllt von dieser Vorstellung, daß er beinahe an dem riesigen Turm aus Glas und Aluminium vorbeigegangen wäre, der die Adresse der Gesellschaft war; voller Verwirrung fuhr er mit dem leise summenden Fahrstuhl nach oben und tauchte ganz betäubt im Vorzimmer des Hauptbüros auf. Und er war noch immer betäubt, als er von einer schicken, langbeinigen jungen Dame durch ein ungeheures und anscheinend endloses Labyrinth von Räumen geleitet wurde, und er sah, als er vorüberging, Heerscharen anderer junger Damen, nicht weniger schick und langbeinig, unzählige flinke, breitschultrige junge Männer, lange Reihen stromlinienförmiger Maschinen, klickend und flackernd in elektronischer Fröhlichkeit, Gebirge von Karteischränken aus rostfreiem Stahl, und, über dem Ganzen, der milde Widerschein indirekter Beleuchtung auf Plastik und Metall – bis er schließlich in das Empfangszimmer von Bunce persönlich geführt wurde und die Tür sich hinter ihm schloß.

»Ganz eindrucksvoll, nicht?« sagte Bunce und genoß offensichtlich Mr. Treadwells Erstaunen.

»Eindrucksvoll?« krächzte Mr. Treadwell heiser. »Mann, ich hab' noch nie irgendwas Ähnliches gesehen. Da stecken doch mindestens zehn Millionen Dollar drin!«

»Warum auch nicht? Die Wissenschaft arbeitet Tag und Nacht, wie weiland Frankenstein, Mr. Treadwell, nur um die Lebenserwartung noch über jedes gesunde Maß hinaus zu verlängern. Es gibt heute vierzehn Millionen Menschen über fünfundsechzig in diesem Land. In zwanzig Jahren wird ihre Zahl auf einundzwanzig Millionen gestiegen sein. Und danach kann niemand auch nur schätzen, wie hoch die Zahlen noch steigen werden!

Aber das Gute an der Sache ist, daß jeder dieser alten Leute von jungen Gönnern oder zukünftigen Gönnern unserer Gesellschaft umgeben ist. Und so wie die Flut immer höher steigt, wachsen auch wir und werden immer stärker, um sie schließlich aufzuhalten.«

Mr. Treadwell fühlte, wie ihn ein Schauer des Grauens durchdrang. »Dann ist es also wahr, ja?«

»Wie meinen Sie?«

»Diese Segensreich-Methode, von der Sie immerfort sprechen«,

sagte Mr. Treadwell erregt. »Es geht einfach darum, alles dadurch zu erledigen, daß man die Alten abschafft!«
»Richtig!« sagte Bunce. »Genau das ist es. Und J. G. Segensreich selber hätte es nicht besser ausdrücken können. Sie wissen mit Worten umzugehen, Mr. Treadwell. Ich bewundere einen Mann immer, der gleich zur Sache kommt, ohne sentimentales Geschwafel.«
»Aber Sie kommen nicht durch damit«, sagte Mr. Treadwell voller Zweifel. »Sie glauben doch selber nicht, daß Sie damit durchkommen, oder?«
Bunce wies auf die ausgedehnten Räumlichkeiten hinter den geschlossenen Türen. »Ist das nicht ein hinreichender Beweis für den Erfolg unserer Gesellschaft?«
»Aber alle die Leute da draußen? Wissen die denn, was gespielt wird?«
»Wie gutgeschultes Personal überall, Mr. Treadwell«, sagte Bunce vorwurfsvoll, »kennen sie nur ihre persönlichen Pflichten. Was Sie und ich hier besprechen, ist sozusagen Geheime Kommandosache.«
Mr. Treadwells Schultern sanken. »Es ist unmöglich«, sagte er schwach. »Das kann nicht gutgehen.«
»Aber, aber«, sagte Bunce nicht unfreundlich. »Sie dürfen sich nicht bange machen lassen. Ich kann mir schon denken, was Sie am meisten stört; nämlich das, was J. G. Segensreich manchmal den Sicherheitsfaktor genannt hat. Aber sehen Sie's mal so an, Mr. Treadwell: Ist es nicht natürlich, daß alte Leute sterben? Nun, unsere Gesellschaft garantiert dafür, daß die Todesfälle natürlich erscheinen. Untersuchungen sind selten. Nicht eine hat uns bisher irgendwelche Scherereien gemacht. Und mehr noch, Sie wären von vielen Namen auf der Liste unserer Gönner beeindruckt. Mächtige Leute aus Politik und Finanzwelt strömen uns zu. Einer wie der andere könnte ein glänzendes Zeugnis von unserer Tüchtigkeit ablegen. Und bedenken Sie, daß so wichtige Leute die Gesellschaft für Gerontologie gleichsam unverwundbar machen, Mr. Treadwell, ganz gleich, an welchem Punkt man sie auch angreifen mag. Und diese Unverwundbarkeit erstreckt sich auf jeden einzelnen unserer Spender, auch auf Sie, falls Sie sich entschließen sollten, uns mit der Lösung Ihres Problems zu beauftragen.«

»Aber ich habe kein Recht dazu«, protestierte Mr. Treadwell verzweifelt. »Selbst wenn ich es wollte, wer bin ich denn, daß ich eine Sache für irgendeinen anderen auf diese Weise erledigen könnte?«

»Aha.« Bunce lehnte sich aufmerksam vor. »Aber Sie wollen die Sache erledigen?«

»Nicht auf diese Weise.«

»Können Sie eine andere vorschlagen?«

Mr. Treadwell blieb stumm.

»Sie sehen«, sagte Bunce mit Befriedigung, »die Gesellschaft für Gerontologie bietet die einzige praktische Lösung Ihres Problems. Sind Sie noch immer dagegen, Mr. Treadwell?«

»Ich kann's nicht einsehen«, sagte Mr. Treadwell eigensinnig. »Es ist einfach nicht recht.«

»Sind Sie da ganz sicher?«

»Natürlich bin ich das«, schnappte Mr. Treadwell. »Wollen Sie mir erzählen, daß es recht ist und anständig, herumzulaufen und Leute umzubringen, nur weil sie alt sind?«

»Genau das will ich Ihnen erzählen, Mr. Treadwell, und ich bitte Sie, die Sache einmal so anzusehen: Wir leben heutzutage in einer Welt des Fortschritts, einer Welt von Herstellern und Verbrauchern, alle aufs beste bemüht, unser gemeinsames Los zu verbessern. Die Alten sind weder Hersteller noch Verbraucher, deshalb sind sie nur ein Hindernis für die Beständigkeit unseres Fortschritts. Werfen wir nur einen kurzen, sentimentalen Blick zurück in den pastoralen Dunst von vorgestern, wo die Alten, wie wir finden, durchaus eine Funktion hatten. Während die Jungen draußen waren, um die Felder zu bestellen, konnten die Alten das Haus besorgen. Aber selbst diese Funktion ist heute überlebt. Wir haben hundert andere Mittel, unser Haus zu besorgen, und sie sind weitaus billiger. Können Sie das bestreiten?«

»Ich weiß nicht«, beharrte Mr. Treadwell verstockt. »Sie behaupten, daß Menschen Maschinen sind, und da kann ich Ihnen keineswegs folgen.«

»Gütiger Himmel«, sagte Bunce, »erzählen Sie mir bloß nicht, Sie sähen sie als etwas anderes an! Natürlich sind wir Maschinen, Mr. Treadwell, wir alle! Einzigartige und wundervolle Maschinen, gebe ich zu, aber dennoch Maschinen. Ja, betrachten Sie doch die

Welt um sich herum. Das ist ein riesiger Organismus, zusammengesetzt aus lauter ersetzbaren Teilen, alle bemüht, immer wieder herzustellen und zu verbrauchen, bis sie selber verbraucht sind. Soll man zulassen, daß die verbrauchten Teile bleiben, wo sie sind? Natürlich nicht! Sie müssen beseitigt werden, damit der ganze Organismus nicht unbrauchbar wird. Es ist der ganze Organismus, der zählt, Mr. Treadwell, nicht irgendeiner seiner Teile. Können Sie das nicht verstehen?«

»Ich weiß nicht«, sagte Mr. Treadwell unsicher. »Ich habe so noch nie darüber nachgedacht. Es ist schwer, das alles auf einmal zu verdauen.«

»Ich verstehe das, Mr. Treadwell, aber es ist ein Teil der Segensreich-Methode, daß die Spender den großen Wert ihres Beitrags vollauf zu würdigen wissen, nicht nur insofern, als er ihnen selber zugute kommt, sondern auch in jener Hinsicht, in der er dem ganzen sozialen Organismus Nutzen bringt. Indem Sie eine Spende für unsere Gesellschaft zeichnen, vollbringen Sie in der Tat den nobelsten Akt Ihres Lebens.«

»Spende?« sagte Mr. Treadwell. »Was für eine Spende?«

Bunce entnahm einer Schublade seines Schreibtisches ein gedrucktes Formular und legte es sorgsam zur Ansicht vor Mr. Treadwell hin. Der las es und setzte sich abrupt auf.

»Aber hier steht, daß ich mich verpflichte, Ihnen nach Ablauf eines Monats zweitausend Dollar zu zahlen. Von einer solchen Summe war bisher nie die Rede!«

»Es gab ja auch noch keine Veranlassung, diese Frage aufzurollen«, antwortete Bunce. »Aber seit geraumer Zeit hat ein Komitee der Gesellschaft Ihre finanzielle Lage untersucht, und es ist uns berichtet worden, daß Sie diese Summe ohne Anstrengung und Mühe zahlen könnten.«

»Was soll das heißen, Anstrengung und Mühe?« gab Mr. Treadwell zurück. »Zweitausend Dollar sind eine Menge Geld, ganz gleich, wie man es ansieht.«

Bunce zuckte die Achseln. »Jede Spende ist ganz nach der Zahlungsfähigkeit des Spenders gehalten, Mr. Treadwell. Bedenken Sie, was Ihnen vielleicht teuer vorkommt, mag manch anderen Spendern, mit denen ich zu tun hatte, sehr billig erscheinen.«

»Und was bekomme ich dafür?«

»Im Verlauf eines Monats, nachdem Sie die Spende gezeichnet haben, ist die Angelegenheit mit Ihrem Schwiegervater erledigt. Sofort danach wird von Ihnen erwartet, daß Sie die volle Summe bezahlen. Ihr Name wird dann in die Liste unserer Gönner aufgenommen, und das ist alles.«
»Mir gefällt der Gedanke nicht, in eine Liste aufgenommen zu werden, ganz gleich, was für eine.«
»Das kann ich verstehen«, sagte Bunce. »Aber darf ich Sie daran erinnern, daß eine Spende an eine karitative Organisation wie die Gesellschaft für Gerontologie steuerabzugsfähig ist?«
Mr. Treadwells Finger ruhten leicht auf dem Spendenformular. »Setzen wir doch mal den Fall«, sagte er, »jemand unterschreibt so ein Ding und zahlt dann nicht! Ich nehme an, Sie wissen, daß eine solche Spende nicht gerichtlich eingeklagt werden kann, nicht wahr?«
»Ja«, lächelte Bunce, »und ich weiß auch, daß eine große Zahl von Organisationen die Spenden nicht kassieren kann, die man ihnen, offensichtlich in guter Absicht, zugesagt hat. Aber die Gesellschaft für Gerontologie hat mit solchen Schwierigkeiten noch nie zu tun gehabt. Wir vermeiden das, indem wir alle Spender daran erinnern, daß die Jungen, wenn sie nicht achtgeben, genauso unerwartet sterben können wie die Alten... Nein, nein«, sagte er und rückte das verrutschte Formular wieder gerade, »einfach Ihre Unterschrift, hier unten, genügt.«
Als man drei Wochen später Mr. Treadwells Schwiegervater am Fuße des Piers von East Sconsett ertrunken auffand (der alte Mann fischte regelmäßig von dem Pier aus, obwohl ihm verschiedene einheimische Kenner schon oft gesagt hatten, daß man dort nicht viel fängt), wurde das Ereignis pflichtgemäß in den Akten von East Sconsett als Unfall durch Ertrinken eingetragen, und Mr. Treadwell traf alle Anstalten für ein besonders feierliches Begräbnis. Und es war bei diesem Begräbnis, daß bei Mr. Treadwell zum ersten Male *der* Gedanke auftauchte. Es war ein flüchtiger, unangenehmer Gedanke, gerade störend genug, um ihn stolpern zu lassen, als er die Kirche betrat. In dem ganzen Durcheinander des Augenblicks war es jedoch nicht schwer, ihn zu verdrängen. Ein paar Tage später, als er wieder an seinem vertrauten Schreibtisch saß, kam der Gedanke plötzlich wieder. Diesmal war es nicht so

leicht, ihn zu verdrängen. Er wuchs unaufhaltsam, wurde größer und größer in seinem Kopf, bis jede Stunde, in der er wachte, mit Schrecken erfüllt war und sein Schlaf zu einer Kette von grauenhaften Alpdrücken wurde. Da gab es nur einen Menschen, der diese Sache für ihn klären konnte, das wußte er; und so erschien er im Büro der Gesellschaft für Gerontologie in brennender Sorge, daß Bunce dies auch tun möge. Er nahm kaum wahr, daß er Bunce den Scheck übergab und die Quittung in seine Tasche steckte. »Etwas an der Sache beunruhigt mich«, sagte Mr. Treadwell ohne Umschweife.

»Ja?«

»Nun, erinnern Sie sich, wie Sie mir erzählt haben, wieviel alte Leute es in zwanzig Jahren geben wird?«

»Natürlich.«

Mr. Treadwell lockerte seinen Kragen, um den Druck um seine Kehle zu mindern. »Aber begreifen Sie denn nicht? Ich werde einer von ihnen sein!«

Bunce nickte. »Wenn Sie einigermaßen auf sich aufpassen, sehe ich keinen Grund, warum Sie es nicht sein sollten«, stellte er fest.

»Sie verstehen nicht, was ich meine«, sagte Mr. Treadwell drängend. »Ich werde dann in der Situation sein, mich jederzeit davor fürchten zu müssen, daß jemand von Ihrer Gesellschaft kommt und meine Tochter und meinen Schwiegersohn auf dumme Gedanken bringt! Es ist doch gräßlich, sich für den Rest seines Lebens davor fürchten zu müssen.«

Bunce schüttelte langsam den Kopf. »Das glauben Sie doch nicht im Ernst, Mr. Treadwell.«

»Und warum nicht?«

»Warum? Also, denken Sie mal an Ihre Tochter, Mr. Treadwell. Denken Sie an sie?«

»Ja.«

»Denken Sie an das reizende Kind, das seine Liebe über Sie ausschüttete, um dafür die Ihre zu erhalten. Die schöne, junge Frau, die soeben die Schwelle des Ehestandes überschritten hat, aber Sie noch immer so gern besucht, eifrig bemüht, Sie spüren zu lassen, wie sehr sie Ihnen zugetan ist?«

»Ich weiß das.«

»Und sehen Sie in Gedanken den mannhaften jungen Menschen, der ihr Gatte ist? Können Sie die Wärme seines Händedrucks fühlen, wenn er Sie begrüßt? Wissen Sie um seine Dankbarkeit für die finanzielle Unterstützung, die Sie ihm regelmäßig gewähren?«

»Ich denke schon.«

»Ehrlich, Mr. Treadwell, können Sie sich vorstellen, daß einer dieser beiden liebevollen und ergebenen jungen Menschen irgend etwas – auch nur das Allergeringste – tun könnte, um Sie zu verletzen?«

Der Druck um Mr. Treadwells Kehle löste sich auf wunderbare Weise, und der eisige Hauch wich von seinem Herzen. »Nein«, sagte er mit Überzeugung, »ich kann es mir nicht vorstellen.«

»Großartig«, sagte Bunce. Er lehnte sich weit zurück in seinem Stuhl und lächelte voll freundlicher Weisheit. »Halten Sie diesen Gedanken fest, Mr. Treadwell. Bewahren Sie ihn und lassen Sie ihn nie mehr los. Er wird Ihnen Erquickung bringen und Trost bis an Ihr seliges Ende.«

Robert Die Fenster im Schulzimmer der sechsten Klasse standen weit offen und ließen den Juninachmittag mit all seinen Geräuschen hereinströmen. Diese Geräusche, die das Ende des Unterrichts anzeigten: das Gedröhn der Schulbusse, deren Motoren, um sich warmzulaufen, schon angelassen waren, Knirschen von Kies unter eilenden Füßen, Stimmen, die sich in zynischer Begeisterung erhoben:

»Und nun sagen wir ade-e
Uns're schö-ö-ö-nen Schuhule-e...«

Miss Gildea zuckte ein wenig zusammen bei dem letzten schrillen hohen Ton und preßte ihre Hand gegen die schmerzende Stirn. Sie war müde, so unendlich müde – sie konnte sich nicht erinnern, daß sie jemals in den achtunddreißig Jahren ihrer Lehrerinnentätigkeit so müde gewesen war. Und, sagte sie zu sich selber, sie hatte allen Grund, müde zu sein. Es war kein gutes Schuljahr gewesen, wirklich nicht. Die Klasse war zu groß, und noch dazu der Direktor, der darauf drang, neue Methoden einzuführen, und dann der schreckliche Tod ihrer Mutter, der noch zu alldem hinzukam. Vielleicht hatte sie ihrer Mutter einfach zu nahegestanden, dachte Miss Gildea; vielleicht war es falsch gewesen, nie damit zu rechnen, daß die alte Dame eines Tages würde gehen müssen und sie allein in der Welt zurückließe. Aber wie dem auch sei, unaufhörlich darüber nachzudenken, machte nichts leichter. Sie sollte versuchen zu vergessen.

Aber um ihre Sorgen noch zu verschlimmern, war nun in den letzten Wochen auch noch diese irrsinnige Sache mit Robert hinzugekommen. Er war ein durchaus netter Junge gewesen, und dann, wie ein Blitz aus heiterem Himmel, war er plötzlich unmöglich geworden. Nicht, daß er sie plagte oder gar laut wurde, aber er war auf einmal in endlose Träumereien versunken, aus denen ihn Miss Gildea ein dutzendmal am Tage mit Schärfe aufschrecken mußte.

Sie wandte ihre Aufmerksamkeit Robert zu, der allein im Klassenzimmer direkt vor ihr in einer Schulbank saß; ein dünner Knabe mit sauber gekämmten farblosen Haaren, die von großen Ohren eingerahmt wurden; milde blaue Augen sahen sie aus einem blassen Gesicht ernsthaft an.

»Robert.«

»Ja, Miss Gildea.«

»Weißt du, warum ich dir befohlen habe, nachzusitzen, Robert?«

Er zog gedankenvoll die Stirn kraus, als müsse er über eine Aufgabe nachdenken, die er aufsagen sollte und für die er sich nicht richtig vorbereitet hatte.

»Ich glaube, weil ich ungezogen war«, sagte er schließlich. Miss Gildea seufzte.

»Nein, Robert, das stimmt ganz und gar nicht. Ich weiß, wie sich ein ungezogener Junge benimmt, und du bist nicht so. Aber ich weiß auch, daß es etwas gibt, das dich beunruhigt, irgend etwas hast du auf dem Herzen, und ich glaube, daß ich dir helfen kann.«

»Ich hab' nichts auf dem Herzen, Miss Gildea. Mein Ehrenwort, ich hab' nichts.«

Miss Gildea fand den silbernen Bleistift, den sie in ihre Haare gesteckt hatte, und klopfte damit in nervösem Rhythmus auf ihr Katheder.

»Komm doch, Robert. Wann immer ich dich in den letzten Wochen angesehen habe, stets warst du mit deinen Gedanken meilenweit fort. Also, was ist los? Machst du vielleicht einfach schon Pläne für die Ferien oder hat es vielleicht Streit gegeben mit den anderen Jungen?«

»Ich habe mit niemandem Streit, Miss Gildea.«

»Du scheinst mich nicht zu verstehen, Robert. Ich versuche nicht, dich für irgend etwas zu bestrafen. Deine Hausarbeiten sind gut.

Du bist durchaus mit der Klasse mitgekommen. Aber ich glaube, du solltest erklären, warum du so unaufmerksam bist. Zum Beispiel heute nachmittag, als ich fünf Minuten lang auf dich einsprach und du nicht ein Wort von dem gehört hast, was ich dir sagte, woran dachtest du da?«
»An nichts, Miss Gildea.«
Der Bleistift klopfte heftiger auf das Pult.
»Du mußt an *etwas* gedacht haben, Robert. Und ich bestehe darauf, daß du dich besinnst und versuchst, es zu erklären.«
Als sie sein teilnahmsloses Gesicht betrachtete, wußte sie, daß sie auf irgendeine Weise in die Defensive gedrängt worden war und daß sie erfreut einlenken würde, wenn sich jetzt noch eine Möglichkeit für einen Rückzug böte, ohne das Gesicht zu verlieren. Achtunddreißig Jahre, dachte sie bitter, und noch immer versuche ich, die Mutterhenne bei jungen Entlein zu spielen. Freilich, es gab auch eine erfreulichere Seite dieses Bildes. Achtunddreißig Jahre vorbei, das bedeutete, daß es nur noch zwei Jahre dauerte, bis sie in den Ruhestand versetzt würde. Pensionierung bei halbem Gehalt. Die Möglichkeit, im Hause herumzuwursteln, den Garten ordentlich zu bestellen. Es ließen sich weder Pelze noch Diamanten kaufen von der Pension, natürlich nicht, aber man konnte sich immerhin die Möglichkeit erkaufen, den Rest seiner Tage im eigenen Heim zu verbringen, anstatt in ein trübseliges Zimmer ziehen zu müssen, im Gemeindeheim für alte Damen. Miss Gildea hatte einmal das Gemeindeheim besucht, bei einer Lehr-Besichtigung, und sie zog es vor, lieber nicht daran zu denken.
»Also gut, Robert«, sagte sie, der Angelegenheit müde, »hast du dich daran erinnert, was du gedacht hast?«
»Ja, Miss Gildea.«
»Was war es also?«
»Ich möcht's lieber nicht sagen, Miss Gildea.«
»Ich bestehe darauf!«
»Also schön«, seufzte Robert sanft. »Ich habe gedacht, daß ich wünschte, Sie wären tot, Miss Gildea. Ich habe gedacht, ich wünschte, ich könnte Sie töten.«
Ihre erste Reaktion war blankes Nichtbegreifen. Sie hatte nicht weiter als drei Meter entfernt gestanden, als der Wagen damals auf den Bürgersteig geschlittert war und das Leben ihrer Mutter ver-

nichtet hatte, aber Miss Gildea hatte weder geschrien, noch war sie in Ohnmacht gefallen. Sie hatte nur dagestanden, betäubt von der völligen Unwirklichkeit des Ganzen. Genau so, wie sie dann vor Gericht gestanden hatte, als man ihr erklärt hatte, daß der Mann ein Jahr Gefängnis bekommen habe, aber daß er keinen Pfennig besitze, um etwa das Leid, das er über sie gebracht hatte, zu bezahlen. Und nun dies hier war nicht weniger unwirklich: die geraden Reihen der Schulbänke vor ihr, die ganze Breite der schwarzen Wandtafel und mittendrin Roberts Gesicht. Sie merkte, daß sie von ihrem Stuhl aufstand und auf Robert zuging. Er schreckte zurück, mit großen, angstvollen Augen, den Ellbogen heraufgezogen, als wolle er einen Schlag abwehren.

»Begreifst du, was du da eben gesagt hast?« fragte Miss Gildea heiser.

»Nein, Miss Gildea! Ehrenwort, ich habe überhaupt nichts damit gemeint.«

Sie schüttelte ungläubig den Kopf. »Was hat dich veranlaßt, so was zu sagen? Was, um alles in der Welt, kann einen Jungen veranlassen, so etwas zu sagen, so etwas Böses, Gräßliches!«

»Sie wollten's doch wissen! Sie haben mich doch dauernd danach gefragt!«

Der Anblick seines schützend erhobenen Ellbogens verletzte sie ebensosehr, wie es seine unglaublichen Worte getan hatten.

»Nimm den Arm herunter«, sagte sie schrill, und dann gab sie sich Mühe, ihre Stimme wieder unter Kontrolle zu bekommen. »In all den Jahren hier habe ich noch nie ein Kind geschlagen, und ich habe nicht die Absicht, jetzt damit anzufangen!«

Robert ließ den Arm sinken und faltete die Hände auf seinem Pult, und Miss Gildea sah, wie seine Knöchel weiß hervortraten, und dann merkte sie bestürzt, daß ihre eigenen Hände unbeherrscht zitterten. »Aber wenn du glaubst, daß diese kleine Angelegenheit damit beendet sei, mein Bürschchen, dann will ich dich eines Besseren belehren. Du packst deine Sachen zusammen, und wir beide marschieren direkt zu Mr. Harkness. Das Ganze wird ihn sicher sehr interessieren.«

Mr. Harkness war der Schuldirektor. Er war erst im letzten Schuljahr eingetreten, und abgesehen von seinem Geschmack für diese großen schwarzgerahmten Brillengläser (von denen Miss Gildea insgeheim fand, daß er damit wie ein Schauspieler aussähe) und einer Vorliebe für die Phrase »moderne pädagogische Methoden«, war er, nach Miss Gildeas Meinung, ein ganz sympathischer junger Mann.

Er sah auf Roberts verängstigtes Gesicht und dann auf Miss Gildeas zusammengepreßte Lippen.

»Nun«, sagte er freundlich, »was ist denn hier nicht in Ordnung?«

»Das«, sagte Miss Gildea, »sollte Ihnen, glaube ich, Robert selber erzählen.«

Sie legte eine Hand auf Roberts Schulter, aber der riß sich los und wich vor ihr zurück auf Mr. Harkness zu. Er atmete laut, mit bibbernden Schluchzern dazwischen. Seine Augen starrten Miss Gildea an, als sei außer ihr niemand sonst im Raum. Mr. Harkness legte den Arm um Robert und sah Miss Gildea stirnrunzelnd an.

»Also, was hat das zu bedeuten, Miss Gildea? Der Junge scheint mir zu Tode erschrocken zu sein.«

Miss Gildea fühlte plötzlich, daß sie dies alles so satt hatte, daß sie nur noch weg wollte aus dem Zimmer, fort von Robert.

»Jetzt reicht's, Robert«, befahl sie. »Erzähl einfach Mr. Harkness genau, was geschehen ist.«

»Ich sagte Ihnen doch, Miss Gildea, der Junge ist zu Tode erschrokken.« Mr. Harkness' Stimme war schroff. »Wir werden über alles sprechen, sobald er begriffen hat, daß wir seine Freunde sind, nicht wahr, Robert?«

Robert schüttelte heftig den Kopf. »Ich hab' nichts Böses getan! Miss Gildea hat's selber gesagt, ich hab' nichts Böses getan!«

»Um so besser also«, sagte Mr. Harkness triumphierend. »Du hast also nichts zu befürchten, oder?«

Robert schüttelte wieder den Kopf. »Sie hat gesagt, ich soll nachsitzen.«

Mr. Harkness warf Miss Gildea einen harten Blick zu. »Ich nehme an, er hat den Bus am Morgen verpaßt, ja? Und das, nachdem ich in einer meiner Anweisungen extra erwähnt habe, daß die Lehrerschaft Nachsicht üben...«

»Robert kommt nicht mit dem Bus«, protestierte Miss Gildea. »Vielleicht sollte lieber ich Ihnen die ganze Angelegenheit erklären. Sehen Sie...«

»Ich glaube, Robert macht das ganz gut«, sagte Mr. Harkness, und er drückte Robert fester an sich. Der Junge nickte zitternd.
»Sie ließ mich nachsitzen«, sagte er, »und dann, als wir allein waren, kam sie ganz nahe zu mir heran, und sagte: Ich weiß, was du jetzt denkst. Du denkst, daß du mich am liebsten tot sehen möchtest! Du denkst, daß du mich am liebsten töten möchtest, nicht wahr?«
Roberts Stimme war zu einem unheimlichen Flüstern herabgesunken, und wie ein böser Zauber hielt sie Miss Gildea gefangen. Erst als sie den Ausdruck in Mr. Harkness' Gesicht sah, da wich der Bann von ihr.
»Aber das ist eine Lüge!« schrie sie. »Das ist die gemeinste Lüge, die sich jemals so ein Junge unterstanden hat, zu...«
Mr. Harkness schnitt ihr das Wort ab. »Miss Gildea! Ich *bestehe* darauf, daß Sie den Jungen alles sagen lassen, was er zu sagen hat.«
Miss Gildeas Stimme zitterte. »Es scheint mir, Mr. Harkness, daß der Junge schon mehr als genug hat sagen dürfen.«
»Hat er das wirklich?« fragte Mr. Harkness.
»Robert war in letzter Zeit häufig unaufmerksam. Besonders heute nachmittag. Nach der Schule fragte ich ihn, woran er wohl gedacht habe, und da hatte er die Frechheit, mir zu erklären, er habe darüber nachgedacht, wie sehr er wünschte, daß ich tot wäre. Und daß er mich am liebsten töten möchte!«
»Das hat Robert gesagt?«
»Mit beinahe genau denselben Worten. Und ich kann Ihnen sagen, Mr. Harkness, ich war derartig erschrocken, furchtbar erschrokken war ich, noch dazu wo Robert immer so ein netter Junge zu sein schien.«
»Sein Zeugnis?«
»Sein Zeugnis ist ziemlich gut. Nur, daß er...«
»Und sein Betragen?« fragte Mr. Harkness mit der gleichen unbeteiligten Stimme.
»Soweit ich weiß, kommt er mit den anderen Kindern ganz gut aus.«
»Aber aus irgendeinem Grunde«, beharrte Mr. Harkness, »fühlten Sie sich von ihm geärgert?«
Robert erhob seine Stimme. »Ich hab' nichts getan! Miss Gildea

sagt selber, ich habe nichts Böses getan. Und ich hab' sie immer gern gehabt. Ich mag sie lieber als irgendeinen anderen Lehrer!«

Miss Gildea fummelte verstört in ihren Haaren. Sie suchte den Silberbleistift, aber sie konnte ihn nicht finden. Verwirrt ließ sie ihre Blicke über den Fußboden wandern.

»Ja?« fragte Mr. Harkness.

»Mein Bleistift«, Miss Gildea war den Tränen nahe, »er ist weg.«

»Miss Gildea«, sagte Mr. Harkness, und in seiner Stimme klang ein gewisser Ärger, »jetzt ist doch bestimmt nicht der Augenblick...«

»Er war sehr wertvoll«, versuchte Miss Gildea zu erklären, aber sie wußte, daß es hoffnungslos war. »Er hat meiner Mutter gehört.«

Miss Gildea spürte, wie Mr. Harkness sie von oben bis unten musterte, und unter seinem eiskalten Blick wurde ihr klar, daß sie völlig in Unordnung geraten sein mußte. Strumpfnähte verrutscht, die Nase rot und mit aufgelösten Haaren.

»Ich bin ganz außer mir, Mr. Harkness. Es war ein hartes Jahr, und jetzt, zu guter Letzt, auch noch dies. Ich weiß nicht mehr, was ich sagen soll.«

Mr. Harkness' Gesicht verzog sich vor lauter Mitgefühl. »Das ist schon in Ordnung, Miss Gildea. Ich weiß, wie Ihnen zumute ist. Wenn Sie also jetzt gehen möchten, dann werde ich mich einmal mit Robert unterhalten, ganz ausführlich und in aller Freundschaft.«

»Wenn es Ihnen wirklich nichts ausmacht?«

»Nein, bestimmt nicht«, sagte Mr. Harkness herzlich. »Ich glaube tatsächlich, so ist es das beste für alle Beteiligten.« Nachdem er sie hinausbegleitet hatte, schloß er die Tür hastig hinter ihr, und Miss Gildea ging schweren Schrittes die Treppe hinauf, den Korridor entlang zum Klassenzimmer der sechsten Klasse. Der silberne Bleistift lag hier auf dem Fußboden vor Roberts Pult, und sie hob ihn auf und putzte ihn mit dem Taschentuch blank. Dann setzte sie sich an ihr Katheder, hielt das Taschentuch an die Nase und weinte zehn Minuten lang lautlos vor sich hin.

In dieser Nacht, als der bittere Geschmack der Demütigung so weit geschwunden war, daß es ihr möglich war, die Episode noch einmal zu überdenken, tat sie das mit aller Ehrlichkeit, die ihr zu Gebote stand. Ehrlichkeit sich selbst gegenüber war immer einer der wesentlichsten Punkte ihres Glaubens gewesen, und sie hatte in der Tat diesen Gedanken weitergegeben von Klasse zu Klasse im vorgeschriebenen Unterricht über »Die Pflichten des amerikanischen Bürgers«. Da stand sie dann, am Ende des Unterrichts, und ließ die Kinder nachsprechen: »Dies über alles, sei dir selber treu ...« Und sie schlug den Takt zu jeder Silbe mit der Faust auf ihr Pult.

Hamlet stand natürlich nicht auf dem Lehrplan der sechsten Klasse, und die Reaktion ihrer Schüler in all diesen Jahren war stets dieselbe: eine Mischung aus Verwirrung und Gleichgültigkeit. Aber wenn es ihr dann gelungen war, die Verständigeren zu einer Diskussion über diese Zeilen anzuregen, gab sich Miss Gildea zufrieden mit dem Bewußtsein, gute Saat in, wie sie hoffte, fruchtbares Erdreich gesenkt zu haben.

Wie sie nun Roberts Fall noch einmal überdachte – sie hatte nun ihre Gefühle unter Kontrolle –, da kam sie zu dem traurigen Schluß, daß sie selber es gewesen war, die das Unrecht begangen hatte. Dem Kind war befohlen worden nachzusitzen, das konnte nur eins bedeuten: es sollte bestraft werden. Man hatte ihm weiterhin befohlen, Gedanken zu offenbaren, die ihm Stunden zuvor durch den Kopf gegangen waren, schattenhafte, kindliche Gedanken. Und das Kind war natürlich nicht imstande, das zu tun, und so blieb ihm nur übrig, entweder aus dem ganzen Wust irgend etwas zusammenzudichten, oder es mußte mit dem Gedanken herausplatzen, der in diesem Augenblick seinen Kinderverstand beherrschte. Es war keineswegs ungewöhnlich, überlegte Miss Gildea traurig, wenn ein Kind, von einem Lehrer gequält, auf solche Gedanken kam wie Robert; sie konnte sich noch gut ihrer Gefühle einer aufgetakelten alten Schachtel gegenüber erinnern, von der sie noch heute in ihren Träumen verfolgt wurde. Und der einzige Schluß, zu dem man also gelangte, war – mochte es auch unerfreulich sein –, daß am Ende Robert und nicht sie selber getreulich die wunderbaren Worte Shakespeares in die Tat umgesetzt hatte: Dies über alles, sei dir selber treu ...

Es war ebenso diese Erkenntnis wie der Anblick seines blassen anklagenden Gesichts während des Morgenunterrichts am nächsten Tag, was sie dazu bewog, Robert mit dem Auffüllen des Wasser-

kruges in der Pause zu beauftragen. Die Pflichten des Klassenordners, der den Wasserkrug zu betreuen hatte, verlangten, daß man den Schulhof ein wenig früher als die anderen Schüler zu verlassen hatte, um den Krug zu säubern und neu zu füllen. Aber diese Aufgabe rechnete man sich in der Klasse zur Ehre an, und daher, so meinte Miss Gildea ein wenig selbstzufrieden, sei ihre Geste genau die richtige für eine Versöhnung.
Gegen Ende der Pause löschte sie gerade die Wandtafel im Vordergrund des Klassenzimmers ab, als sie hörte, wie sich Robert ihrem Pult näherte, um den Krug zu holen. Aber sosehr sie auch versuchte, sich zusammenzureißen, sie brachte einfach nicht genügend Mut auf, sich umzudrehen und ihm ins Gesicht zu sehen. Gerade so, dachte sie, als wäre er der Lehrer und ich hätte Angst vor ihm. Und bei diesem Gedanken spürte sie, wie ihre Wangen anfingen zu glühen.
Mit dem Glockenzeichen, das die Pause beendete, betrat Robert den Raum wieder, und diesmal ließ Miss Gildea den Schwamm mit einem Plumps auf seinen Platz fallen und drehte sich um. Sie sah Robert an. »Vielen Dank, Robert«, sagte sie, als er den Krug hinstellte und ihr Trinkglas säuberlich darüberstülpte.
»Gern geschehen, Miss Gildea«, antwortete Robert höflich. Er zog ein Taschentuch aus seiner Tasche, wischte sich damit die Hände und lächelte Miss Gildea sanft an. »Ich wette, jetzt denken Sie, ich hätte Gift oder etwas Ähnliches in dieses Wasser getan«, sagte er ernst, »aber so was würde ich nie tun, Miss Gildea. Mein Ehrenwort, wirklich nie...« Miss Gildea schnappte nach Luft, dann streckte sie die Hand nach Roberts Schulter aus. Aber sie zog sie hastig wieder zurück, als er vor ihr zurückschreckte mit diesem Ausdruck von Panik in seinen Augen.
»Warum hast du das gesagt, Robert?« fragte Miss Gildea mit furchtbarer Stimme. »Das war pure Unverschämtheit, das weißt du doch? Du kamst dir wohl sehr witzig vor, was?«
In diesem Augenblick stürmten die anderen Schüler lärmend ins Klassenzimmer, aber Miss Gildea ließ sie mit einer herrischen Geste zu eisiger Stille erstarren. Mit einem Seitenblick bemerkte sie den Haufen empört-rechtschaffener Gesichter, die sich mit ihr verbündeten und Robert verurteilten, und sie verspürte einen schnellen kleinen Stich des Triumphes.

»Ich habe mit dir gesprochen, Robert«, sagte sie. »Was hast du mir dazu zu sagen?« Robert machte noch einen Schritt rückwärts und stolperte beinah über eine Schultasche, die jemand unbedacht im Gang zwischen den Schulbänken liegen gelassen hatte. Er fing sich wieder, stand dann hilflos da, und seine Augen wichen keinen Moment denen Miss Gildeas aus.
»Nun, Robert!«
Er schüttelte heftig den Kopf. »Ich hab's nicht getan«, schrie er. »Ich hab' nichts in Ihr Trinkwasser getan, Miss Gildea. Ich hab' Ihnen doch gesagt, daß ich's nicht getan habe!«
Ohne hinzusehen, wußte Miss Gildea, daß der Haufen anklagender Gesichter jetzt auf sie gerichtet war, und sie fühlte ihren Triumph sich in hilflose Bestürzung verwandeln. Es war, als ob Robert mit seinen verweinten Augen und dem blassen Gesicht mit den zu großen Ohren, als ob dieser Robert sich in ein seltsames, glibberiges Wesen verwandelt habe, das sich nicht fassen ließ und nirgendwo festzuhalten war. Es war, als ob er sich weiter und immer weiter zurückzöge, einen dunklen gewundenen Pfad entlang, und als ob er sie zwinge, ihm zu folgen. Sie mußte sich befreien, so dachte sie verzweifelt, mußte sich von diesem Zwang befreien, ehe sie etwas Schreckliches tat, irgend etwas Unverzeihliches.
Sie konnte den Jungen nicht wieder zu Mr. Harkness bringen. Nicht nur weil die Erinnerung an diese Szene in seinem Büro am Tage zuvor sie schaudern ließ, nein, auch weil ein erneuter Besuch das Eingeständnis bedeuten würde, daß sie nach achtunddreißigjähriger Lehrtätigkeit nicht imstande war, die Disziplin in ihrer Klasse aufrechtzuerhalten.
Aber Robert mußte zur Ordnung gerufen werden, und wenn es nur um ihrer selbst willen geschah. Mit einer Handbewegung befahl Miss Gildea der Klasse, sich zu setzen, dann wandte sie sich an Robert, der stehen geblieben war.
»Robert«, sagte Miss Gildea, »ich verlange eine Entschuldigung für das, was eben vorgefallen ist.«
»Es tut mir leid, Miss Gildea«, sagte Robert, und es sah aus, als ob die Tränen, die ihm schon in den Augen standen, jeden Augenblick zu fließen beginnen würden.
Miss Gildea wappnete ihr Herz gegen diesen Anblick. »*Ich ent-*

schuldige mich, Miss Gildea, und es wird nicht wieder vorkommen«, sagte sie ihm vor.
Zu ihrer Überraschung gelang es Robert, seine Tränen zurückzuhalten.
»Ich entschuldige mich, Miss Gildea, und es wird nicht wieder vorkommen«, murmelte er und ließ sich müde auf seinen Platz fallen.
»Nun denn!« sagte Miss Gildea und tat einen tiefen Atemzug, während sie die schweigende Klasse überschaute. »Vielleicht wird uns das allen eine Lehre sein.«
Die Arbeit mit den Kindern ging nicht so recht voran nach diesem Geschehen. Aber, so sagte sich Miss Gildea, es waren ja nur noch wenige Tage bis Schulschluß, und danach, dem Himmel sei Dank, würde es den Garten geben, das alte Haus mit seiner bequemen Veranda, auf der man an Sommerabenden mit den Nachbarn zusammensitzen würde, dann, bei Schulbeginn, eine Reihe neuer Gesichter, und Roberts Gesicht würde nicht mehr darunter sein.
Später, nachdem die Schüler gegangen waren und sie die Fenster im Klassenzimmer schloß, sah sie eine Schar von Kindern, die sich auf dem Bürgersteig gleich neben den parkenden Schulbussen versammelt hatten, und dieser Anblick ließ ihre Erregung noch einmal aufwallen. Es war Robert, und nahezu alle Kinder der sechsten Klasse umringten ihn, er war offensichtlich der Mittelpunkt ihres Interesses. Gerade, als sie sich dem Fenster näherte, nickte er heftig, und das veranlaßte sie, sich schnell wieder zurückzuziehen, wobei sie ein sonderbares Gefühl von Schuld nicht abschütteln konnte.
Nur ein Kind, versuchte sie sich selber einzureden, *er ist ja nur ein Kind,* aber dieser Gedanke löschte keineswegs den Zorn aus, den sie auf ihn hatte und der ihr in der Kehle steckte wie ein zu großer Brocken.
Das war am Donnerstag. Am Dienstag der nächsten Woche, der letzten Woche des Schuljahres, war sich Miss Gildea der bedrückten Atmosphäre, die über der Klasse lag, auf das deutlichste bewußt. Für gewöhnlich wirkten die herannahenden Ferien auf die Klasse ungefähr so wie eine hochaktive Substanz, die man einem schwach reagierenden Medium zuführt. Da gärte und brodelte es unter der Oberfläche, was sich durch unkontrollierbares Kichern und Wis-

pern kundtat. Es wurde immer turbulenter, bis schließlich alle Zurückhaltung und Disziplin von einem allgemeinen Ausbruch von Aufregung und Übermut fortgeschwemmt wurden. So, dachte Miss Gildea, war es bisher immer gewesen, aber nun hatte sich alles seltsam verändert. Die sechste Klasse – und selbst die unbezähmbarsten Geister darin – benahm sich vor ihren erstaunten Augen, als ob sie in eine Gruppe von Robotern verwandelt worden wäre. Hände fest auf dem Pult gefaltet, Augen mit beinahe erschreckender Intensität auf sie gerichtet, so antwortete die Klasse auf ihre sanftesten Fragen, als hätte sie Befehle geschrien. Und wenn sie den Gang zwischen den Bänken entlangging, so schienen sie alle ohne Ausnahme Roberts Art angenommen zu haben, bei ihrem Nähern sich angstvoll zurückzuziehen. Miss Gildea mochte nicht gern darüber nachdenken, was das alles zu bedeuten hatte, aber tapfer zwang sie sich dazu. Könnte es bedeuten, so fragte sie sich, daß alle so denken, wie Robert denkt, daß alle diesen Weg wählen, um es ihr zu zeigen? Und wenn sie wüßten, wie grausam das war, würden sie's dennoch tun? Andere Lehrer, das wußte Miss Gildea, brachten manchmal solche Probleme im Lehrerzimmer zur Sprache. Man untersuchte sie gemeinsam, und diejenigen, die sie objektiv beurteilen konnten, versuchten sie zu beantworten. Es könnte ja sein, daß die seltsame Stimmung der sechsten Klasse sich in anderen Klassen wiederholte. Vielleicht hatte sie selber sich das Ganze überhaupt nur eingebildet, oder vielleicht – gräßlicher Gedanke – ging es ihr beim Zurückblicken so wie manchen Leuten, die, wenn sie alt werden, sich einer Vergangenheit erinnern, die niemals Wirklichkeit gewesen war. Ja, in diesem Falle – und Miss Gildea mußte in einem Anflug von Belustigung über sich selber lachen – würde sie sich dann dabei ertappen, wie sie vor irgendeiner gelangweilten jungen Frau, die nicht den Bruchteil Ihrer Erfahrung hatte, in Erinnerungen über ihre achtunddreißig Jahre Lehrtätigkeit schwelgte. Aber tief unter all diesen Gedanken, das wußte Miss Gildea genau, gab es einen echten Grund, warum sie mit ihrem Problem nicht ins Lehrerzimmer ging in dieser letzten Woche des Schuljahres. Sie hatte keine Geschenke bekommen, nicht ein einziges. Und die Zeichen der Anerkennung von jeder Klasse häuften sich in den Lehrerzimmern in einer Reihe von Pyramiden längs der Wand. Die Schachteln zerdrückter Kekse, die unbeholfen eingepackten Gläser mit Eingemachtem, die Schals, die Strümpfe, die Taschentücher – ungeheure, zahllose Schachteln mit Taschentüchern. Alle lagen sie da, um den Triumph eines Lehrers kundzutun. Und Miss Gildea, die alle die Jahre hindurch, die sie in der Distriktschule III gewesen war, jedesmal vor Stolz errötet war, weil ihre Pyramide am Ende des Schuljahres die höchste gewesen war, sie hatte diesmal noch nicht ein einziges Geschenk von der sechsten Klasse bekommen. Doch als sie an diesem Nachmittag die Klasse entlassen hatte, wurde der Bann gebrochen. Miss Gildea sah, daß nur noch wenige Schüler auf dem Gang in der Nähe der Tür herumstanden, aber Robert war auf seinem Platz sitzen geblieben. Dann, als sie ihre Sachen zusammenraffte, näherte sich Robert ihr mit einer Schachtel in der ausgestreckten Hand. Es war, nach der Größe zu urteilen, eine Schachtel Konfekt, und, wie Miss Gildea an der Verpackung sehen konnte, sehr teures Konfekt. Automatisch streckte sie eine Hand aus, dann zog sie sie schnell wieder zurück. Er kann das, was er mir angetan hat, doch nie mehr gutmachen, sagte sie sich wütend; ich lasse es nicht zu.

»Ja, Robert?« sagte sie kühl.

»Es ist ein Geschenk für Sie, Miss Gildea«, antwortete Robert, und dann, als Miss Gildea ihm gebannt zuschaute, begann er, die Verpackung aufzumachen. Er legte das Papier säuberlich auf das Pult und hob den Deckel von der Schachtel, um ihr die Pralinen darin zu zeigen. »Meine Mutter sagt, es sei die größte Schachtel, die sie da hatten«, sagte er versonnen. »Möchten Sie sie denn wirklich nicht, Miss Gildea?«

Miss Gildea wurde gegen ihren Willen weich. »Hast du denn gedacht, daß ich sie nehme, nach allem, was geschehen ist, Robert?« fragte sie.

Robert überlegte einen Augenblick. »Gut«, sagte er schließlich, »wenn Sie wollen, dann esse ich eine Praline, hier, direkt vor Ihnen, Miss Gildea.«

Miss Gildea zuckte zurück, als hätte sie von weit her einen Warnruf vernommen. »Laß ihn nichts mehr sagen«, rief irgend etwas in ihr, »das ist nur wieder so ein Trick von ihm, ein neuer, gemeiner Trick.« Und dann sagte sie doch: »Warum sollte ich von dir verlangen, daß du das tust, Robert?«

»Damit Sie sehen, daß es kein Gift ist oder so was, Miss Gildea«, sagte Robert. »Und dann werden Sie es auch glauben, nicht wahr, Miss Gildea?«
Sie war darauf vorbereitet gewesen. Noch ehe er die Worte selbst aussprach, hatte sie gespürt, wie sich ihr Körper immer fester zusammenzog, um gewappnet zu sein gegen das, was kommen mußte. Aber der Klang seiner Worte bewirkte nun, daß etwas in ihr zersprang, wie eine Stahlfeder, wenn man sie überspannt.
»Du kleines Ungeheuer!« schluchzte Miss Gildea und schlug so heftig nach der angebotenen Schachtel, daß sie beinahe bis zur gegenüberliegenden Wand flog und die Pralinen sich überall klebrig im Raum verstreuten.
»Was erlaubst du dir!« schrie sie. »Was erlaubst du dir!« Und ihre kleinen knochigen Fäuste schlugen auf Robert ein. Schlugen ihn auf Schultern und Rücken, als er versuchte, davonzulaufen.
Er hatte sich schon im Gang zwischen den Bänken halb abgewandt, da rutschte er auf einer Praline aus und fiel auf die Knie, aber ehe er sich noch wieder aufrichten konnte, war Miss Gildea schon wieder über ihm, mit hochgezogenen Lippen, und ihre Fäuste trommelten auf ihm herum wie ein Paar unermüdliche Schlegel. Robert hatte gleich beim ersten Schlag mit voller Lautstärke zu schreien angefangen. Aber in Miss Gildeas Ohren war das nicht mehr als ein leises Summen.
»Miss Gildea!«
Das war Mr. Harkness' Stimme, die kannte sie, und dies mußten Mr. Harkness' Hände sein, die sie jetzt so roh zurückrissen, daß sie Mühe hatte, nicht zu fallen, und sich an ihrem Pult festhalten mußte. So stand sie da, kraftlos, und sie spürte das wilde Pochen ihres Herzens, fühlte, wie Scham und Qual sie schüttelten, während sie versuchte, den Raum, der vor ihren Blicken verschwamm, wieder klar zu erkennen. Da war ein Haufen kleiner, aufgeregter Gesichter, die durch die offene Tür hereinspähten, sie mußten wohl Mr. Harkness gerufen haben, und Mr. Harkness selber, der zuhörte, was Robert – immer wieder vom Weinen unterbrochen – zu erzählen hatte, und da war überall eine entsetzliche Schmiererei. Natürlich, dachte Miss Gildea, noch immer halb betäubt, das müssen Schokoladeflecken sein. Überall Schokoladeflecken in meinem schönen sauberen Klassenzimmer.

Dann war Robert verschwunden, die Gesichter an der Tür waren verschwunden, und die Tür selber war hinter ihnen geschlossen. Nur Mr. Harkness war zurückgeblieben, und Miss Gildea sah zu, wie er seine Brille abnahm, wie er sie sorgsam abwischte und dann auf Armeslänge von sich abhielt, um sie zu prüfen, ehe er sie wieder auf seine Nase setzte.

»Nun, Miss Gildea«, sagte Mr. Harkness, und es klang eher so, als spräche er zu seiner Brille und nicht zu ihr, »das ist eine böse Sache.«

Miss Gildea nickte.

»Es macht mich ganz krank«, sagte Mr. Harkness sehr ruhig, »richtig krank, der Gedanke, daß irgendwo in dieser Schule, wo ich versucht habe, anständige pädagogische Methoden einzuführen, noch immer körperliche Züchtigungen erteilt werden.«

»Das ist einfach nicht fair«, sagte Miss Gildea zitternd. »Ich habe den Jungen geschlagen, das ist wahr, und ich weiß, daß ich kein Recht hatte, es zu tun, aber dies ist das erste Mal in meinem ganzen Leben, daß ich die Hand gegen ein Kind erhoben habe. Und wenn Sie wüßten, was ich empfinde...«

»Aha«, sagte Mr. Harkness, »genau das möchte ich gerne erfahren, Miss Gildea.« Er wies auf ihren Stuhl, und sie setzte sich erschöpft hin. »Nun, und jetzt erzählen Sie mal und erklären Sie mir alles so, wie Sie es sehen.«

Es war ein schwieriges Unterfangen, und die Tatsache, daß Mr. Harkness es vorzog, sich ans Fenster zu stellen, erschwerte es noch. Auf diese Weise mußte Miss Gildea zu seinem Rücken sprechen, und es kam ihr vor, als spräche sie in ein Vakuum, aber sie brachte die Tatsachen, so gut sie konnte, zusammen, trug sie ihm mit tiefer Erregung vor und sank dann ganz erschöpft in ihren Stuhl zurück.

Mr. Harkness verharrte lange Zeit ruhig, dann wandte er sich langsam um und sah Miss Gildea an. »Ich bin kein praktizierender Psychiater«, sagte er schließlich, »obwohl ich als Erzieher ein großes Interesse an allem habe, was damit zusammenhängt. Aber ich glaube nicht, daß man einen praktizierenden Psychiater braucht, um diesen Fall, der so klar und offen vor mir liegt, zu erkennen – noch um zu begreifen«, so fügte er teilnahmsvoll hinzu, »wie tragisch dieser Fall ist.«

»Es ist vielleicht ganz einfach so«, schlug Miss Gildea vor, »daß Robert...«
»Ich spreche jetzt nicht von Robert«, sagte Mr. Harkness nüchtern und ganz ruhig.
Es dauerte einen Augenblick, bis sie begriff, und dann spürte Miss Gildea, wie ihr Blut zu Eis wurde.
»Glauben Sie denn, daß ich Ihnen das alles vorlüge?« rief Miss Gildea ungläubig. »Können Sie tatsächlich annehmen...«
»Ich bin sicher«, antwortete Mr. Harkness besänftigend, »daß Sie die Dinge genauso beschrieben haben, wie Sie sie sahen, Miss Gildea, aber... haben Sie schon einmal von dem Begriff ›Verfolgungswahn‹ gehört? Glauben Sie, daß Sie die Symptome eines solchen Zustandes genau erkennen würden, wenn Sie damit konfrontiert würden? Ich kann das, Miss Gildea, ich versichere Ihnen, daß *ich* es kann.«
Miss Gildea rang nach Worten, aber die Worte schienen sie zu ersticken. »Nein«, brachte sie schließlich heraus, »Sie können es nicht! Nur weil es irgend so einem bösartigen Jungen einfällt, Unannehmlichkeiten zu machen...«
»Miss Gildea, kein elfjähriges Kind, mag es so bösartig sein wie es will, kein Kind von elf Jahren ist in der Lage, Erlebnisse, wie Robert sie mir geschildert hat, einfach zu erfinden. Er hat diese Erlebnisse des langen und breiten mit mir besprochen; und nun habe ich Ihre Ansicht zu dem Fall gehört. Und die Schlüsse, die ich daraus zu ziehen habe, ich muß sagen, sie werden mir geradezu aufgezwungen.«
Das Zimmer schien wieder vor ihren Blicken zu verschwimmen, und Miss Gildea versuchte verzweifelt, wieder klar zu sehen. »Aber das bedeutet ja, daß Sie *ihm* glauben und mir nicht!« sagte sie heftig.
»Unglücklicherweise, Miss Gildea, sind es nicht nur seine Worte. Am letzten Wochenende kam eine Elternabordnung zur Schulbehörde und erklärte rundheraus, daß man sehr besorgt sei über das, was die Kinder von Ihren Handlungen in letzter Zeit erzählen. Ein Dutzend Kinder Ihrer Klasse haben bei diesem Zusammentreffen genau beschrieben, wie Sie diese Kinder verdächtigt haben, Ihr Trinkwasser vergiftet zu haben, und wie Sie den Kindern daraufhin gedroht haben. Und Robert, es mag Sie interessieren, das zu

erfahren, Robert war nicht einmal unter diesen Kindern. Die Schulbehörde stimmte an Ort und Stelle für Ihre Entlassung, Miss Gildea, aber mit Rücksicht auf Ihre langjährige Mitarbeit blieb es mir überlassen, diese Entscheidung zu revidieren, wenn ich es wünschte und die alleinige Verantwortung dafür übernähme. Nach diesem Vorgang allerdings sehe ich nicht, daß mir noch eine andere Wahl bleibt. Ich muß das tun, was am besten für alle ist.«

»Entlassung?« sagte Miss Gildea tonlos. »Aber das können Sie doch nicht. Ich habe doch nur noch zwei Jahre. Das können Sie mir doch nicht antun, Mr. Harkness; alles, was die da versuchen, ist doch nur ein Trick, mich um meine Pension zu bringen!«

»Glauben Sie mir«, sagte Mr. Harkness sanft, »sie versuchen nichts Derartiges zu tun, Miss Gildea. Niemand in der Welt versucht, Ihnen weh zu tun. Ich gebe Ihnen mein Ehrenwort, daß das einzige, was bei diesem Fall von Anfang bis Ende in Betracht gezogen wurde, das Wohlergehen der Kinder ist.«

Sonnenlicht überflutete den Raum, aber Miss Gildeas Gesicht war grau und leblos. Sie streckte die Hand aus, um ihr Glas mit Wasser zu füllen, verhielt dann und schien sich auf einmal mit zitternder Entschlossenheit zusammenzureißen. »Ich werde eben selber mit der Schulbehörde sprechen müssen«, sagte sie mit hoher, atemloser Stimme. »Das ist das einzige, was ich tun kann. Hingehen und ihnen die ganze Angelegenheit selber erklären!«

»Das würde nichts helfen«, sagte Mr. Harkness mitleidig. »Glauben Sie mir doch, Miss Gildea, es würde nichts helfen.«

Miss Gildea stand von ihrem Stuhl auf und ging auf ihn zu. Sie legte ihre zitternde Hand auf seinen Arm und sprach eifrig, schnell, versuchte ihn zu zwingen, sie zu verstehen.

»Verstehen Sie«, sagte sie, »das bedeutet, daß ich keine Pension bekomme. Um die zu bekommen, muß ich noch zwei Jahre mehr haben, verstehen Sie das nicht? Da sind die Raten für das Haus, den Garten – nein, der Garten gehört ja eigentlich zum Haus, aber ohne die Pension...«

Sie zog ihn wütend am Arm bei jedem Satz, als könne sie ihn auf diese Weise körperlich zum Verständnis für ihre Worte zwingen, aber er stand da, unnachgiebig, und schüttelte nur mitleidig den Kopf. »Sie müssen sich beherrschen, Miss Gildea«, bat er sie. »Sie sind ja ganz außer sich, und es ist unmöglich...«

»Nein!« schrie sie mit seltsamer Stimme. »Nein!«
Als sie davonstürzte, wußte er beinah im selben Augenblick, was sie vorhatte, aber der Gedanke daran ließ ihn auf der Stelle erstarren, und als er sich endlich doch bewegte, war es zu spät. Er raste auf den Korridor, durch die Tür, die sie aufgestoßen hatte, und stürzte fast die Treppe hinunter, die in die Eingangshalle führte. Die Tür zur Straße schloß sich gerade wieder, und er lief darauf zu, mit einer Hand hielt er seine Brille fest, ein kurzer, scharfer Schmerz stach ihn in die Seite, aber ehe er noch die Tür erreicht hatte, hörte er das Kreischen von Bremsen, einen Schrei voller Todesqual und das entsetzte Rufen von hundert schrillen Stimmen.
Er legte seine Hand auf die Tür, aber er fand nicht die Kraft, sie zu öffnen. Ein paar Minuten später mußte eine Putzfrau sich an ihm vorbeidrücken, um nach draußen zu gelangen und festzustellen, was es mit der ganzen Aufregung auf sich hatte.
Miss Reardon, die Stellvertreterin, übernahm die sechste Klasse am nächsten Tag, und trotz des Vorgefallenen kam sie sehr gut damit zurecht. Die einzige Welle im glatten Fluß des Unterrichts kam gleich zu Anfang, als sie ihre Gegenwart mit einem Hinweis auf »den traurigen Unfall, der unserer lieben Miss Gildea zugestoßen ist«, erklärte. Der schwache Tumult, der daraufhin ausbrach, ließ auch mehrere Stimmen, vor allem im Hintergrund der Klasse, laut werden, die klagend protestierten. »Es war kein Unfall, Miss Reardon, sie ist genau vor den Omnibus gelaufen«, aber Miss Reardon brachte durch ein paar scharfe Klopfer mit ihrem Lineal die Klasse schnell wieder in Ordnung, und deshalb ging der Unterricht in angenehmer und ordentlicher Weise weiter.
An diesem Nachmittag ging Robert langsam heim, er schwang die Schultasche an seiner Seite sanft hin und her und ließ sich wohlgefällig von der Juniwärme durchdringen, genoß den frischen Geruch nach Grünem in der Luft, genoß auch den Gedanken an Miss Reardons verständnisvolles Gesicht, das sich ihm so oft in eifrigem und freundlichem Interesse zugewandt hatte. Sein Heim glich all den anderen im selben Viertel, viereckige weiße Kästen mit kleinen grünen Rasenflächen davor, und das einzige, was es von den anderen unterschied, waren die Jalousien, die überall im Haus heruntergelassen waren. Als er die Haustür sehr leise hinter sich ge-

schlossen hatte, legte er seine Schultasche im Gang ab, dann betrat er das stickige Halbdunkel des Wohnzimmers. Roberts Vater saß im Bademantel in dem großen Lehnstuhl, genau so, wie er das immer tat, und Roberts Mutter beugte sich über ihn und hielt ein Glas Wasser in der Hand.
»Nein!« sagte Roberts Vater, »du willst mich nur loswerden, aber das werde ich verhindern! Ich weiß, was du da hineingetan hast, und ich werde es nicht trinken! Eher sterbe ich, ehe ich das trinke!«
»Bitte«, sagte Roberts Mutter, »bitte, trink doch. Ich schwöre, es ist bloß Wasser. Ich werde selber ein bißchen davon trinken, wenn du mir nicht glaubst.« Aber als sie dann einen kleinen Schluck getrunken hatte und ihm das Glas wieder an die Lippen hielt, warf Roberts Vater nur den Kopf immer von einer Seite auf die andere.
Robert betrachtete diese Szene wie verzaubert, seine Lippen wiederholten lautlos die bekannten Worte. Dann räusperte er sich. »Ich bin wieder zu Hause, Mama«, sagte Robert sanft. »Krieg ich jetzt Milch und ein paar Kekse?«

Du kannst nicht ein Leben lang ein kleines Mädchen sein

Es war die Stille, die sie weckte. Nicht plötzlich – Tom hatte mehr als einmal mit einem gewissen gutmütigen Neid festgestellt, daß sie wie tot schlafe –, sondern langsam; es zog sie herauf aus hundert Klafter tiefem Schlaf, bis sie – eben auf der Schwelle des Bewußtwerdens – dalag, mit geschlossenen Augen auf das vertraute Ineinander der Nachtgeräusche lauschte und sich fragte, wo es wohl unterbrochen wurde.

Dann hörte sie eine Diele knarren – das beruhigende Knarren einer Diele unter dem Schritt des zu später Stunde heimkehrenden Ehemannes –, und sie begriff. Sie mußte es gewußt haben, selbst hundert Klafter tief im Schlaf, daß Tom ins Zimmer gekommen war, und sie hatte ungeduldig auf das Anknipsen der Nachttischlampe gewartet, auf das schwere Stapfen der Schritte vom Bett zum Schrank, vom Schrank zur Kommode – dieser immer gleiche Vorgang, der jedesmal darin gipfelte, daß er sich über sie beugte und flüsterte: »Schläfst du schon?« Und ihr leises Murmeln, das hieß: Ja, sie schlief schon, aber sie war froh, daß er zu Hause war, und bitte, er soll doch nicht wieder die ganze Nacht aufbleiben und an diesen Akten arbeiten.

Er war also im Zimmer, das wußte sie, aber aus irgendeinem Grund tat er nicht, was er sonst immer tat, und das hatte sie geweckt. Wie damals, als sie das Heimchen hatten, das arme Ding; eine Woche lang hatte es in einer versteckten Ecke des Hauses die Stunden der Dunkelheit hindurch hartnäckig vor sich hin gezirpt, bis sie sich daran gewöhnt hatte. Die Nacht, in der es starb, oder

weglief, um sich in einen Kokon einzuspinnen, oder was Heimchen eben so tun, hatte sie eine Stunde lang wach gelegen und auf das Zirpen gewartet, und dann hatte sie schlecht geschlafen, bis sie sich wieder daran gewöhnt hatte, ohne das Heimchen zu leben.
Armes Ding, dachte sie verschlafen. Nicht, daß es ihr wirklich so viel bedeutete, eigentlich wartete sie nur darauf, daß das Licht anging, und auf die beruhigenden Schritte zwischen Bett und Schrank. Aber irgendwie wurde aus dem Gedanken eine Schlange, die ihren Rücken hinaufkroch und sich fest um ihre Brust wand. »Armes Ding«, sagte der Gedanke, »armes dummes Ding, es ist ja gar nicht Tom!«
Sie öffnete die Augen gerade in dem Augenblick, als die behandschuhte Faust des Mannes brutal ihren Mund verschloß. Gleichzeitig sah sie seinen Schatten, der sich vor ihr auftürmte, sie hörte das Röcheln des Atems in seiner Kehle, roch den sauren Dunst von Alkohol. Dann biß sie wie wild in die Hand, die sie knebelte, ihre Zähne gruben sich in den Handschuh, zerrten daran. Er schlug ihr die andere Faust mitten ins Gesicht. Sie sackte zusammen, ihr Kopf rollte halb vom Bett herunter. Er schlug ihr die Faust noch einmal ins Gesicht.
Danach war nur noch Schwärze, die auf sie einstürmte wie ein Wirbelwind.
Sie sah die blassen Ballons, die unter der Zimmerdecke schwebten, bemerkte mit müdem Interesse, wie sie zu Masken wurden, zu Masken, deren Züge komisch verkehrt waren, Münder oben, Augen darunter. Die Masken bewegten sich, ordneten sich, und wurden zu Gesichtern. Dr. Vaughn. Und Tom. Und eine Frau. Eine Frau, die eine kleine weiße Narrenkappe auf den Kopf gestülpt hatte. Eine Krankenschwester.
Der Doktor beugte sich über sie, hob ihr Lid mit seinem Daumen hoch, und sie spürte, daß ihr Gesicht eine einzige fiebernde Wunde war. Er zog den Daumen zurück und brummte. Sie kannte ihn schon lange, und so wußte sie, daß es ein befriedigtes Brummen war.
Er sagte: »Weißt, wer ich bin, Julia?«
»Ja.«
»Weißt, was passiert ist?«
»Ja.«

»Wie fühlst du dich?«
Sie überlegte sich das. »Komisch. Weit weg, meine ich. Und es summt so in meinen Ohren.«
»Das ist die Spritze. Nachdem wir dich so weit hatten, daß du zu dir kamst, wurdest du richtig schön hysterisch, und da hab' ich dir die Spritze gegeben. Erinnerst dich?«
»Nein.«
»Schadet nichts. Mach dir nichts draus.«
Sie machte sich nichts draus. Was ihr mehr ausmachte, war, daß sie nicht wußte, wie spät es sein mochte. Alles wurde so unwirklich, wenn man nicht wußte, wie spät es war. Sie versuchte, den Kopf zu drehen und nach der Uhr auf dem Nachttisch zu sehen.
Der Doktor sagte: »Es ist kurz nach sechs. Beinahe Sonnenaufgang. Bestimmt das erste Mal, daß du so was siehst, ich wette.«
Sie lächelte ihn an, soweit das ihr geschwollener Mund erlaubte.
»Ich hab's letztes Neujahr gesehen«, sagte sie.
Tom kam an die andere Seite des Bettes. Er setzte sich auf die Kante und nahm ihre Hand fest in die seine. »Julia«, sagte er. »Julia, Julia, Julia«, und die Worte stürzten mit der Gewalt einer Explosion hervor, so, als hätten sie sich schon lange in ihm angestaut.
Sie liebte ihn dafür, und gleichzeitig tat er ihr leid, vor allem auch, weil er so schlecht aussah. Er sah wirklich schrecklich aus. Verstört, unrasiert, die Augen tief in die Höhlen gesunken – er schien am Ende seiner Nervenkraft zu sein. Meinetwegen, dachte sie unglücklich, alles meinetwegen.
»Es tut mir so leid«, sagte sie.
»Leid!« Er drückte ihre Hand so fest, daß sie zusammenzuckte. »Weil irgend so ein Wahnsinniger, irgendeine Bestie...!«
»Bitte!«
»Ich weiß. Ich weiß, daß du's verdrängen willst, Liebling, aber du darfst noch nicht. Schau, Julia, die Polizei hat die ganze Nacht gewartet, um mit dir reden zu können. Sie sind sicher, daß sie den Mann finden, aber sie brauchen deine Hilfe. Du mußt ihn beschreiben, mußt ihnen erzählen, was du über ihn weißt. Und wenn das vorbei ist, mußt du überhaupt nicht mehr daran denken. Du verstehst doch, ja?«
»Ja.«

»Das habe ich gewußt.«
Er wollte aufstehen, aber der Doktor sagte: »Nein, du bleibst hier bei ihr. Ich sag's ihnen, wenn ich rauskomme. Muß sowieso gehen – so ein Nachtdienst ist hart für einen alten Mann wie mich.« Er stand da, die Hand auf der Türklinke. »Wenn sie ihn finden sollten«, seine Stimme wurde hart, »ich hätte gerne das Vergnügen...«, er sagte nicht mehr. Er wußte, daß sie ihn verstanden.
Der große weißhaarige Mann mit dem ungebügelten Anzug war Leutnant Christensen von der Polizei, der kleine flinke Mann mit dem Schnurrbart war Mr. Dahl von der Staatsanwaltschaft. Für gewöhnlich, sagte Mr. Dahl, nehme er nicht an solchen Untersuchungen teil, aber wenn es eine Sache betreffe wie... das heißt, in einem solchen Falle seien besondere Maßnahmen erforderlich. Jedermann müsse da unbedingt mithelfen. Mrs. Barton müsse auch mithelfen. So unangenehm es auch sein möge, sie müsse Leutnant Christensens Fragen beantworten, offen und ohne Scheu. Ob sie das tun wolle?
Julia sah, wie Tom ihr ermutigend zunickte. »Ja«, sagte sie. Sie beobachtete, wie Leutnant Christensen einen Notizblock mit Schreibunterlage aus seiner Tasche zog. Er stieß den Kugelschreiber auf das Papier, um ihn schreibbereit zu machen. Es sieht aus, dachte Julia, als spieße er ein Insekt auf.
Er sagte: »Zuallererst möchte ich, daß Sie mir ganz genau erzählen, was passiert ist. Alles, woran Sie sich erinnern können.«
Sie erzählte es, und er kritzelte drauflos in seinem Notizblock, und der Kugelschreiber klickte bei jedem Strich.
»Um welche Zeit war das?« fragte er.
»Ich weiß nicht.«
»Ungefähr? Je näher wir der mutmaßlichen Zeit kommen, um so besser können wir die Alibis prüfen. Wann sind Sie zu Bett gegangen?«
»Um halb elf.«
»Und Mr. Barton kam gegen zwölf Uhr nach Hause, damit wissen wir, daß es zwischen halb elf und zwölf Uhr passiert sein muß.«
Der Leutnant murmelte in sein Notizbuch, dann verzog er die Lippen, als müsse er angestrengt nachdenken. »Jetzt etwas, das noch wichtiger ist.«
»Ja?«

»Ganz einfach. Würden Sie den Mann erkennen, wenn Sie ihn wiedersehen würden?«
Julia schloß die Augen, versuchte, dem monströsen Schatten Gestalt zu geben, aber sie fühlte nur die würgende Angst, die sie davor gehabt hatte. »Nein«, sagte sie.
»Das klingt, als ob Sie nicht ganz sicher wären.«
»Aber ich bin sicher.«
»Wie können Sie das sein? Ich weiß, das Zimmer war ziemlich dunkel und so, aber Sie sagten, daß Sie aufgewacht seien, als Sie hörten, wie jemand hereinkam. Das bedeutet, Sie hatten Zeit, sich an die Dunkelheit zu gewöhnen. Und etwas Licht von der Straßenlaterne draußen fällt hier auf die Jalousie. Sie konnten nicht besonders deutlich sehen, mag sein, aber etwas konnten Sie immerhin sehen, meinen Sie nicht? Ich glaube, genug, um den Mann wiederzuerkennen, wenn Sie eine Gelegenheit dazu hätten. Nicht wahr?«
Sie hatte das unbehagliche Gefühl, daß er im Recht war und sie nicht, aber das war anscheinend nicht zu ändern.
»Ja«, sagte sie, »aber es war eben anders.«
Dahl, der Mann von der Staatsanwaltschaft, trat von einem Fuß auf den andern. »Mrs. Barton«, begann er, aber Leutnant Christensen brachte ihn mit einer kurzen Handbewegung zum Schweigen.
»Jetzt passen Sie auf«, sagte der Leutnant. »Ich will es mal so sagen. Vorausgesetzt, wir hätten diesen Mann an einem Ort, wo Sie ihn ganz aus der Nähe sehen könnten, aber er könnte Sie überhaupt nicht sehen. Können Sie sich das vorstellen? Er wäre genau vor Ihnen, aber er hätte nicht die geringste Ahnung, daß Sie ihn sehen. Glauben Sie nicht, daß es dann ziemlich leicht wäre, ihn wiederzuerkennen?«
Julia merkte, daß sie sich immer verzweifelter Mühe gab, die Antwort zu finden, die er hören wollte. Sie wollte alles so sehen, wie er es verlangte. Aber wie sie sich auch mühte, es ging nicht. Sie schüttelte mutlos den Kopf, und Leutnant Christensen holte tief Atem.
»Na schön«, sagte er. »Gibt es sonst irgend etwas, das Sie mir über ihn sagen können? Wie groß war er? Groß, klein oder Mittelmaß?«

Der Schatten türmte sich wieder vor ihr auf. »Groß... Nein, ich bin nicht sicher. Aber ich glaube, er war groß.«
»Weiß oder farbig?«
»Ich weiß nicht.«
»Etwa wie alt?«
»Ich weiß nicht.«
»Irgend etwas Besonderes an seiner Kleidung? Irgendwas, das Ihnen vielleicht aufgefallen ist?«
Sie wollte gerade wieder den Kopf schütteln, da fiel es ihr plötzlich ein. »Handschuhe«, sagte sie, froh darüber, daß sie sich daran erinnert hatte, »er hatte Handschuhe an.«
»Leder oder Wolle?«
»Leder.« Der saure Geschmack des Leders war wieder in ihrem Mund. Ihr wurde übel.
Klick-Klick machte der Kugelschreiber, und der Leutnant sah erwartungsvoll von seinem Notizbuch auf. »Noch was?«
»Nein.«
Der Leutnant runzelte die Stirn. »Es kommt nicht viel zusammen, nicht wahr? Ich meine, so wie Sie's erzählen.«
»Es tut mir so leid«, sagte Julia und fragte sich, warum ihr diese Phrase jetzt so leicht fiel. Was hatte *sie* denn schon getan, das ihr leid tun müßte? Sie fühlte Tränen in ihre Augen steigen vor lauter Mitleid mit sich selber, und sie zog Toms Hand an ihre Brust und wandte sich trostsuchend zu ihm um. Aber erschrocken sah sie, daß er sie mit dem gleichen Ausdruck betrachtete wie der Leutnant.
Der andere Mann – Dahl – sagte etwas zu ihr. »Mrs. Barton«, sagte er, und noch einmal »Mrs. Barton«, bis sie ihn ansah. »Ich weiß, wie Ihnen zumute ist, Mrs. Barton, aber was ich Ihnen zu sagen habe, ist furchtbar wichtig. Wollen Sie mir bitte zuhören?«
»Ja«, sagte sie dumpf.
»Als ich heute morgen um ein Uhr mit Ihnen redete, Mrs. Barton, waren Sie in einer Verfassung – nun –, Sie verstehen, daß ich Sie da keinesfalls belästigen wollte. Ich habe das in Ihrem Interesse getan. Das heißt eigentlich im Interesse unserer ganzen Gemeinde.«
»Ich erinnere mich nicht. Ich erinnere mich an gar nichts mehr.«

»Also gut. Aber jetzt verstehen Sie's doch, nicht wahr? Sie wissen doch, daß es in unserer Gemeinde in den letzten Jahren eine Reihe solcher scheußlicher Verbrechen gegeben hat? Sie wissen auch, daß Regierung und Presse einen heftigen Druck auf uns ausgeübt haben – auf mein Amt und auf das Polizeipräsidium –, durchaus zu Recht natürlich. Man verlangte, daß etwas gegen diese Dinge unternommen werde.«
Julia ließ ihren Kopf auf das Kissen zurückfallen und schloß die Augen. »Ja«, sagte sie. »Wenn Sie es sagen.«
»Natürlich sage ich das. Aber ich sage auch, daß wir nicht viel tun können, wenn nicht der betroffene Teil – das Opfer – uns auf jede erdenkliche Weise hilft. Und warum tut diese Person das nicht? Warum lehnt sie so oft ab, den Verbrecher zu identifizieren, oder, in Fällen wie diesem, über ihn auszusagen? Weil sie damit öffentliches Aufsehen erregt? Weil es vielleicht damit angefangen hat, daß sie den Mann ermutigte, und nun hat sie Angst davor, was er über sie im Zeugenstand aussagen könnte? Es ist mir egal, was für Gründe es sind, aber diese Frau macht sich schuldig, eine wilde Bestie wieder auf ihre hilflosen Nachbarn loszulassen!
Sehen Sie, Mrs. Barton, ich kann Ihnen versichern, daß der Mann, der es getan hat, Vorstrafen hat, und die Sachen, die in seinem Strafregister stehen – nun, ich möchte Ihnen lieber nicht zumuten, sich die anzuhören. Jetzt gerade sind ein Dutzend Leute im Präsidium dabei, die Akten durchzusehen, und wenn sie die richtige finden, dann führt uns das genau hin zu dem Mann. Aber dann sind Sie die einzige Person, die uns helfen kann, ihn für immer loszuwerden. Ich möchte, daß Sie mir jetzt sofort versichern, daß Sie das für uns tun werden, wenn es soweit ist. Es ist Ihre Pflicht. Sie können sich nicht davor drücken.«
»Ich weiß, aber ich hab' ihn nicht gesehen.«
»Sie haben mehr gesehen, als Ihnen bewußt ist, Mrs. Barton. Das heißt, verstehen Sie mich nicht falsch, ich behaupte nicht, daß Sie etwas wissentlich verschweigen oder so. Sie haben einen furchtbaren Schock erlitten. Sie wollen das vergessen, wollen es ganz und gar aus Ihrem Gedächtnis streichen. Und das ist genau das, was passieren wird, wenn Sie sich so gehenlassen. Also, wenn Sie das bedenken und sich nicht gehenlassen, glauben Sie dann, daß Sie uns den Mann genauer beschreiben können?«

Vielleicht, dachte sie, hatte sie sich getäuscht, und Tom hatte sie gar nicht so angesehen vorhin. Hoffnungsvoll öffnete sie die Augen und bereute es gleich darauf bitterlich. Er sah immer noch ärgerlich und bestürzt aus, nur hatte er sich jetzt vorgebeugt und starrte sie an, als ob er die richtige Antwort aus ihr herausziehen könnte, indem er ihr seinen Willen aufzwang. Und sie wußte doch, daß er das nicht konnte. Die Tränen ließen sich nicht mehr zurückhalten. Sie weinte leise, da wurde ihr – wie durch Zauber – ein Taschentuch in die Hand gedrückt. Sie hatte die Krankenschwester ganz vergessen. Vom Kopfende des Bettes her beugte sich das Gesicht mit der weißen Haube über sie – komisch, weil es verkehrt war, Haube unten und Mund oben –, aber Julia fühlte sich trotzdem von diesem Gesicht auf eigenartige Weise getröstet. Alle diese Männer im Zimmer – und ihr eigener Mann gehörte auch dazu –, alle waren sie Verbündete geworden durch das, was man ihr angetan hatte. Es war gut, eine Frau in der Nähe zu wissen.
»Mrs. Barton!« Dahls Stimme klang unerwartet scharf, und Tom drehte sich abrupt nach ihm um. Dahl mußte die Warnung, die in dieser Bewegung lag, begriffen haben, Julia bemerkte es dankbar, denn als er weitersprach, war seine Stimme um vieles sanfter. »Mrs. Barton, bitte lassen Sie mich das mal ganz ohne Umschweife sagen. Ich möchte Ihnen zeigen, womit wir es hier zu tun haben.
Ein gefährlicher Mann ist auf Beute aus. Sie scheinen zu glauben, er war betrunken. Aber so betrunken war er nicht, daß er nicht genau wußte, wo er ein Opfer finden würde, das allein war und unbeschützt. Wahrscheinlich hat er dieses Haus schon wochenlang bespitzelt. Er wußte genau, daß Ihr Mann immer lange in seinem Büro zu tun hat. Und er wußte, wie er ins Haus gelangen konnte. Er hat dieses Fensterbrett hier ziemlich schlimm zerkratzt, als er hereinkam.
Er war nicht hier, um die Wohnung auszurauben. Die Gelegenheit hätte er gehabt, aber daran war er gar nicht interessiert. Er war nur an dem einen interessiert, und daran ganz allein.« Plötzlich ging Dahl zur Kommode hinüber und nahm das gerahmte Hochzeitsbild in die Hand. »Das sind Sie, nicht wahr?«
»Ja«, sagte Julia verwundert.

»Sie sind eine sehr hübsche junge Frau, das wissen Sie doch.« Dahl stellte das Bild wieder hin, nahm den Handspiegel, der daneben lag, und kam zurück zu Julia. »Und jetzt will ich Ihnen zeigen, wie eine hübsche junge Frau aussieht, nachdem sie versucht hat, einem solchen Mann Widerstand zu leisten.« Er hielt ihr blitzschnell den Spiegel vors Gesicht, und sie schreckte entsetzt zurück.

»Nein!« rief sie. »Nein!«

»Sie brauchen keine Angst zu haben«, sagte Dahl barsch. »Der Doktor meint, es wird alles gut verheilen im Laufe der Zeit. Aber bis es soweit ist, werden Sie nicht jedesmal, wenn Sie in den Spiegel schauen, diesen Kerl vor Augen haben, klar und deutlich? Werden Sie nicht fähig sein, ihn zu erkennen, Ihre Hand auf die Bibel zu legen und zu schwören: Ja, das ist er?«

Sie war gar nicht mehr sicher. Sie sah Dahl fragend an, und er breitete weit die Arme aus und faßte sein Plädoyer zusammen.

»Sie werden ihn wiedererkennen, wenn Sie ihn sehen, nicht wahr, das werden Sie!« herrschte er sie an.

»Ja«, sagte sie.

Sie dachte, daß man sie nun allein lassen würde, aber sie täuschte sich. Die Welt hatte angefangen, sich für sie zu interessieren, und ließ sich nicht aussperren. Die Türglocke läutete ununterbrochen. Das Telefon in der Diele klingelte, war still, solange jemand den Anruf entgegennahm, und klingelte dann wieder. Männer mit harten Gesichtern – Polizeibeamte – wurden von Tom ins Zimmer geleitet. Sie senkten verlegen die Köpfe vor ihr, betrachteten ernsthaft den Raum und gingen dann in eine Ecke, um miteinander zu flüstern. Tom führte sie wieder hinaus und kam an ihr Bett zurück. Er wußte nichts zu sagen. Er saß einfach da, starr vor Ungeduld, und wartete, daß die Türklingel oder das Telefon wieder läutete.

Nur selten trennte er sich von ihr, und Julia, die ihn beobachtete, wurde nur noch unruhiger. Sie hielt ihn von seiner Arbeit ab, sie hinderte ihn daran, sich den Dingen zu widmen, die ihm am meisten bedeuteten. Sie wußte nicht viel von seinen Geschäften, aber sie wußte, daß er seit Monaten an einer ganz großen Sache arbeitete – dieselbe Sache, derentwegen sie ihre Abende einsam zu

Hause verbracht hatte –, und was sollte nun damit werden, wenn er nicht ins Büro ging? Sie war erst zwei Jahre verheiratet, aber sie war bereits recht erfahren in dem, was man das Glaubensbekenntnis einer Geschäftsfrau nennen könnte. Häusliche Sorgen mögen kommen und gehen, hieß es darin, das Geschäft geht allem vor. Früher hatte sie diese Idee verabscheut, aber jetzt fand sie sie tröstlich. Tom würde wieder ins Büro gehen, und sie würde die Tür gegen jedermann verschließen, und alles würde wieder seinen ruhigen Gang gehen.

Aber als sie ein wenig zögernd versuchte, ihm den Gedanken näherzubringen, zuckte er nur die Achseln. »Die Sache ist sowieso geplatzt. Das war nur verlorene Zeit. Ich wollte dir das alles gerade erzählen, als ich heimkam und dich so vorfand. Das war vielleicht ein Anblick.« Er sah sie an, mit Augen, die vor Müdigkeit ganz glasig waren. »Ein Anblick war das«, sagte er.

Und saß weiter da und wartete darauf, daß die Türglocke wieder läutete oder das Telefon.

Wenn er nicht da war, dann war eine der Pflegerinnen da. Miss Shepherd, die Nachtschwester, war wortkarg. Miss Waldemar, die Tagschwester, redete immerzu.

Sie sagte: »Oh, unser Herrgott hat mancherlei Kostgänger, das sage ich Ihnen. Da fahren sie langsam am Haus vorbei, zertrampeln den ganzen Rasen, und was sie hier eigentlich sehen möchten, das weiß ich auch nicht. Die haben nur schlechte Gedanken, das ist alles. Aber wenn man es ihnen ins Gesicht sagen würde, dann würden sie einen sofort als Lügner bezeichnen. Und dabei haben sie noch Kinder auf den Rücksitzen! Aber was ist denn, Kindchen? Sie sehen aus, als wäre Ihnen nicht wohl.«

»Es geht schon, danke«, sagte Julia. Sie erbebte bei dem Gedanken, Miss Waldemar zu sagen, daß sie den Mund halten oder gehen solle. Es gab Leute, die konnten das sagen, sie wußte es, aber offensichtlich war es denen auch egal, wie die andern über sie dachten, deren Gefühle sie verletzt hatten. Ihr, Julia, machte es sehr viel aus.

Miss Waldemar sagte: »Aber wenn Sie mich fragen, wer wirklich an allem schuld ist, dann sag' ich Ihnen frei heraus, es sind die Zeitungen. Schon ganz richtig, wenn der Doktor Ihnen nicht er-

laubt, sie zu lesen, Kindchen, die machen nämlich ein richtiges Fressen draus. Man sollte meinen, daß sie mit Rußland und all so was genug Stoff haben, über den sie sich verbreiten können, aber nein, da bringen sie's über die ganze Titelseite, so groß sie nur können. Für Geld tun die alles, das ist das einzige, was die noch interessiert. Geld, Geld, Geld, und wer kümmert sich schon drum, daß die Kinder dastehen und die Schlagzeilen angaffen und dabei auf wer weiß was für Gedanken kommen, in ihrem Alter!
Oh, ich hab' das einem von ihren Reportern gesagt. Direkt ins Gesicht. Gestern, kaum, daß ich den Fuß aus der Haustür gesetzt hatte, stand er da, frech wie Oskar, und fragte mich nach einem Bild von Ihnen. Ich sollte eins stehlen, können Sie sich das vorstellen! Die Brüder haben alle das Bild aus Ihrem Hochschul-Jahrbuch gebracht. Aber ich nehme an, sie möchten lieber so was Großes, wie das auf der Kommode. Und ich sollte das nicht etwa umsonst tun, er wollte mir fünfzig bare Dollar dafür bezahlen! Na, das war genau die Gelegenheit, wo ich dem so einiges sagen konnte. Und glauben Sie ja nicht, ich hätt's nicht getan! Sie sind müde, gelt, Lämmchen? Möchten Sie ein kleines Nickerchen machen?«
»Ja«, sagte Julia.

Ihre Eltern kamen. Sie hatte sich darauf gefreut, aber als Tom sie ins Zimmer brachte, verging die Freude. Tom hatte an ihrem Vater schon immer diesen Ausdruck von Schwäche gehaßt – diese besondere Hilflosigkeit, die sich in jeder seiner Gesten zeigte –, und er hatte nie versucht, seine Verachtung für ihren Vater zu verbergen. Ihre Mutter, die von Anfang an den Vorbehalt gemacht hatte, Tom sei eigentlich viel zu alt für Julia – er war dreißig und sie achtzehn, als sie heirateten –, ihre Mutter war schließlich so weit gegangen, Tom zu sagen, daß er ein ausgemachter Grobian sei, was er seinerseits als Kriegserklärung betrachtet hatte.
Diese dumme Geschichte, dachte Julia schuldbewußt, war im Grunde ihre Schuld. Tom, der in manchen Dingen pingelig war wie eine alte Jungfer, hatte sie einmal ausgeschimpft, weil sie die Taschen seines Jacketts nicht geleert hatte, ehe sie es zum Schneider gab, und da sie damals noch mehr die Tochter ihrer Mutter als die Frau ihres Mannes war, hatte sie der Mutter die Geschichte weinend am Telefon anvertraut. Sie hatte diesen Fehler nie wieder

begangen, aber der Schaden war schon nicht mehr gutzumachen. Seit dieser Sache hatten ihr Mann und ihre Eltern ganz offen gegnerische Positionen bezogen, und sie selber fungierte ziemlich erfolglos als Kundschafter zwischen den Fronten.
Als sie nun alle ins Zimmer kamen, konnte Julia die ganze Feindseligkeit spüren, von der die Atmosphäre erfüllt war. Sie hatte sehnsüchtig gehofft, daß das Geschehene die Situation verändert hätte, aber nun wußte sie – und ihr Herz wurde schwer –, daß es nicht so war. Worauf es schließlich hinausläuft, dachte sie resigniert, ist, daß sie einander mehr hassen, als sie mich lieben. Und gleich darauf schämte sie sich dieses Gedankens.
Ihr Vater winkte matt mit den Fingern zur Begrüßung und sah sie an wie ein Spaniel, der sich verirrt hat. Es war eine Erleichterung, als die Türglocke läutete und er hinter Tom herzottelte, um zu sehen, wer es sei. Ihre Mutter hatte rotgeschwollene Augen und hielt ein kleines feuchtes Taschentuch gegen die Nase gepreßt. Sie setzte sich neben Julia und streichelte ihre Hand.
»Es ist schrecklich, Liebling«, sagte sie. »Es ist einfach schrecklich. Jetzt weißt du, warum ich so dagegen war, daß ihr das Haus hier gekauft habt, am Ende der Welt. Wie geht es dir?«
»Schon recht.«
Ihre Mutter sagte: »Wir wären längst hiergewesen, aber wegen Großmama ging's nicht. Wir wollten nicht, daß sie etwas erfährt, aber irgendein Schwätzer von einem Nachbarn ging hin und erzählte's ihr. Und du weißt doch, wie sie ist. Sie war einfach erschlagen. Dr. Vaughn war eine Stunde lang bei ihr.«
»Es tut mir so leid.«
Ihre Mutter streichelte wieder ihre Hand. »Es wird schon wieder werden mit ihr. Sie wird dir 'ne Karte schreiben, wenn sie wieder auf dem Damm ist.«
Ihre Großmutter schickte Grußkarten zu jedem erdenklichen Anlaß. Julia fragte sich lustlos, was für eine Karte Großmutter wohl zu diesem Anlaß aussuchen würde.
»Julia«, sagte ihre Mutter, »möchtest du, daß ich dir das Haar kämme?«
»Nein, danke, Mutter.«
»Aber es ist ganz zerzaust. Tun diese Schwestern überhaupt nichts für ihr Geld? Und wo ist deine dunkle Brille, Liebling? Die du am

Strand trägst? Es würde nichts schaden, wenn du sie aufsetzt, bis diese Verfärbung weg ist, meinst du nicht auch?«
Julia fühlte, daß eine Wolke von Banalitäten sie einhüllte wie ein Schwarm Mücken. »Bitte, Mutter.«
»Na schön. Ich will mich nicht streiten. Ich werde eine Liste für die Schwestern machen, wenn ich gehe. Übrigens, es gibt etwas viel Wichtigeres, worüber ich mit dir sprechen möchte, Julia. Ich meine, solange Vater und Tom nicht hier sind. Es ist dir doch recht?«
»Ja.«
Ihre Mutter beugte sich eifrig vor. »Es ist wegen – nun, es ist wegen dem, was passiert ist. Was du vielleicht jetzt Tom gegenüber empfindest. Weil nämlich, Julia, ganz gleich, was du empfindest – er ist dein Mann, und das darfst du nie vergessen. Ich respektiere ihn als deinen Mann, und das mußt du auch, Liebling. Es gibt gewisse Dinge, die schuldet eine Frau ihrem Mann, und sie schuldet sie ihm auch dann, wenn so etwas Gräßliches passiert ist. Eine Frau ist an ihre Pflicht gebunden. Warum siehst du mich so an, Julia? Du verstehst doch, was ich sagen will, nicht wahr?«
»Ja«, sagte Julia. Ihr war ganz kalt geworden bei diesem plötzlichen Einblick in das Zusammenleben ihrer Eltern. »Aber bitte, sprich nicht darüber. Es wird schon alles wieder in Ordnung kommen.«
»Sicher wird es das. Wenn wir keine Angst haben, unseren Schwierigkeiten gerade ins Auge zu blicken, dann können sie uns auch nichts anhaben, so ist es doch? Und, Julia, ehe Tom zurückkommt, ist noch etwas in Ordnung zu bringen. Es betrifft ihn selber.«
Julia nahm ihren ganzen Mut zusammen. »Ja?«
»Es geht um etwas, was er gesagt hat. Als Vater und ich hereinkamen, haben wir eine Weile mit ihm gesprochen – nun, du weißt, worüber wir gesprochen haben. Und mitten drin, auf die alltäglichste Weise, hat Tom gesagt – ich meine, er hat einfach so gesprochen, als ob er über das Wetter redet oder irgendwas –, er hat gesagt, wenn sie den Mann fangen, wird er ihn töten. Julia, er hat mich zu Tode erschreckt. Du kennst seinen Jähzorn. Aber es war nicht Jähzorn, es war einfach die ruhige Feststellung einer Tatsache. Er wird den Mann töten, nichts weiter. Aber er hat es

ernst gemeint, Julia, und du mußt etwas dagegen unternehmen.«
»Etwas unternehmen?« sagte Julia wie betäubt. »Was kann ich denn tun?«
»Du kannst ihm klarmachen, daß er nicht einmal so reden darf. Jedermann fühlt mit ihm – wir alle möchten diesen Unhold tot und begraben sehen. Aber es ist nicht Toms Sache, ihn zu töten. Er könnte auf diese Weise in gräßliche Schwierigkeiten geraten. Haben wir nicht alle schon genug Schwierigkeiten?«
Julia schloß die Augen. »Ja«, sagte sie.

Dr. Vaughn kam und sah zu, wie sie im Zimmer herumging. Er sagte: »Ich muß ja zugeben, du siehst ausgesprochen niedlich aus mit der dunklen Brille. Aber wozu trägst du sie? Ist irgendwas mit deinen Augen?«
»Nein«, sagte Julia. »Ich fühle mich einfach besser, wenn ich sie trage.«
»Dachte ich mir. Sie macht, daß du den Leuten hübscher erscheinst, und sie macht, daß die Leute dir hübscher erscheinen. Überhaupt, das ist 'ne Idee. Vielleicht sollte die ganze Menschheit anfangen, immer solche Brillen zu tragen. Wäre viel besser für ihre Leber als Alkohol, nicht?«
»Ich weiß nicht«, sagte Julia. Sie setzte sich auf den Rand ihres Bettes, eingemummelt in ihren Morgenmantel, dessen weite Mandarinärmel über ihre zusammengepreßten Hände fielen. Es kam ihr vor, als würden ihre Hände nie wieder warm. »Ich möchte Sie etwas fragen.«
»In Ordnung. Schieß los und frag.«
»Ich sollte es lieber nicht tun, weil Sie mich wahrscheinlich auslachen werden, aber das ist mir egal. Es geht um Tom. Er hat zu Mutter gesagt, wenn sie den Mann finden, wird er ihn umbringen. Ich nehme an, er war einfach – ich meine, er würde doch nicht wirklich versuchen, so etwas zu tun, oder?«
Der Doktor lachte nicht. Er sagte hart: »Ich glaube, er wird versuchen, genau so was zu tun.«
»Jemand töten?«
»Julia, ich versteh' dich nicht. Du bist mit Tom verheiratet – wie lange ist das jetzt her?«
»Zwei Jahre.«

»Und hast du in diesen zwei Jahren jemals erlebt, daß er gesagt hat, er werde etwas tun, was er dann, früher oder später, nicht auch getan hat?«

»Nein.«

»Darauf hätte ich gewettet. Nicht, weil ich Tom so gut kenne, nein, aber ich bin mit seinem Vater zusammen aufgewachsen. Jedesmal, wenn ich Tom ansehe, sehe ich seinen Vater vor mir. Das war ein Mann, stolz wie Luzifer selbst. Der war so mit Stolz geladen wie ein Gewehr mit Schießpulver. Und dazu ein Temperament wie ein Abzugshahn, immer um Haaresbreite vor dem Losballern. Und verklemmt. Total verklemmt. Tom ist auch so. Es ist schwer, nicht verklemmt zu sein, wenn man sich dauernd anstrengen muß, nicht loszupulvern. Ich will offen sein, Julia. Keiner von den Bartons ist mir je besonders ausgeglichen vorgekommen. Ich habe das Gefühl, wenn man einem von ihnen genügend Grund zum Töten gibt, dann tötet er auch, fertig. Und Tom hat doch einen Revolver, nicht?«

»Ja.«

»Also gut, du brauchst deshalb nicht gleich so verängstigt auszusehen«, sagte der Doktor. »Es wäre viel schlimmer, wenn wir nicht gewarnt wären. So kann ich es Christensen sagen, und der wird achtgeben auf deinen Göttergatten, bis sie den Mann auf dem elektrischen Stuhl festgeschnallt haben. Eine Kugel ist ohnehin zu schade für so eine Bestie.« Julia wandte den Kopf ab, und der Doktor legte ihr den Finger unters Kinn und drehte ihn sanft wieder herum. »Schau«, sagte er, »ich werde alles Erdenkliche tun, damit Tom nicht in Schwierigkeiten kommt. Du kannst mich beim Wort nehmen.«

»Ja.«

»Aber was quält dich denn noch? Daß ich darüber geredet habe, wie man den Mann auf den elektrischen Stuhl schnallt? Ist es das?«

»Ja. Ich will nichts davon hören.«

»Aber warum? Ausgerechnet du, Julia? Hast du nicht drum gebetet, daß sie ihn finden? Verabscheust du ihn nicht so, daß du ihn tot sehen möchtest?«

Es war, als hätte endlich jemand den Schlüssel zu ihrem Elend gefunden.

»Doch«, sagte sie verzweifelt. »O ja, ich verabscheue ihn! Aber Tom glaubt es nicht. Das ist das Schlimme, verstehen Sie? Er denkt, es macht mir nicht so viel aus wie ihm. Er denkt, ich will weiter nichts als vergessen, ob sie den Mann nun fangen oder nicht. Er sagt das nicht, aber ich kann's doch fühlen. Und das macht alles so scheußlich; es macht, daß ich mich schäme und mir immerfort schuldig vorkomme. Und nichts kann das ändern. Selbst wenn sie den Mann hundertmal töten, wird es immer noch so sein.«
»Es wird nicht so sein«, sagte der Doktor streng. »Julia, warum gebrauchst du nicht deinen Verstand? Ist dir noch immer nicht aufgegangen, daß Tom an einer Schuld leidet, die noch viel tiefer sitzt als deine? Daß er im Unterbewußtsein das Gefühl des Versagens mit sich herumträgt, weil er nicht fähig war, dich vor dem zu schützen, was passiert ist? Und jetzt benimmt er sich wie jeder wütende Mann, dem man einen Schimpf angetan hat. Er will Rache. Er will die Rechnung begleichen. Und, Julia, es ist eben gerade sein Schuldgefühl, was euch beide auseinandertreibt.
Verstehst du, was das bedeutet, junge Frau? Es bedeutet, daß du eine Aufgabe zu erfüllen hast, du ganz allein. Eine schmutzige Aufgabe. Wenn die Polizei den Mann hat, mußt du ihn identifizieren, du mußt gegen ihn aussagen, mußt Kameras und Zeitungsleuten ins Auge sehen, mußt durch Scharen von hirnlosen Leuten gehen, die verrückt danach sind, dich ganz aus der Nähe zu sehen. Ja, es ist so schlimm, wie ich sage. Du hast keine Ahnung von der Aufregung, die diese Geschichte verursacht hat, man hat dich bisher davon ferngehalten. Aber du wirst sehr bald Gelegenheit haben, es selber zu sehen. Das ist deine Prüfung. Wenn du dich davor drückst, kannst du, glaub' ich, gleich jetzt deine Ehe abschreiben. Das ist es, woran du denken mußt, und nicht an den Unsinn, daß sich nie mehr etwas zwischen euch ändern wird!«
Julia saß da, ganz in sich versunken, während die Kälte von ihren Händen die Arme heraufkroch und ihr eine Gänsehaut machte. Sie sagte: »Als ich ein kleines Mädchen war, hab' ich schon geweint, wenn jemand nur auf mich gezeigt hat.«
»Du kannst nicht dein Leben lang ein kleines Mädchen sein«, sagte der Doktor.

Als die Zeit kam, klammerte sich Julia an diesen Gedanken. Als sie in dem Dienstwagen saß, zwischen Tom und Leutnant Christensen – die dunkle Brille und der hochgeschlagene Mantelkragen schützten sie vor der Neugier der Welt –, da schloß sie die Augen und biß die Zähne zusammen und wiederholte sich den Satz immer und immer wieder. Sie betete ihn wie ein selbst erdachtes »Gegrüßet-seist-du-Maria«, bis er zu einem beruhigenden Gemurmel wurde, das endlos durch ihre Gedanken kreiste: Du kannst nicht dein Leben lang ein kleines Mädchen sein.

Leutnant Christensen sagte: »Der Mann ist Hausmeister in einem dieser alten Apartment-Häuser ein paar Straßen von Ihrem Haus entfernt. Ein Trinker, ein heruntergekommener Kerl. Er war schon mal angeklagt wegen eines Sittlichkeitsdelikts, aber da handelte es sich um etwas anderes. Diesmal allerdings hat er sich auf was eingelassen, da kommt er ums Leben nicht mehr davon. Auch nicht, wenn er sich auf Unzurechnungsfähigkeit berufen sollte oder irgend so etwas. Der ist geliefert!«

»Du kannst nicht dein Leben lang ein kleines Mädchen sein«, dachte Julia.

Der Leutnant sagte: »Eins hat uns in Teufels Küche gebracht, das war sein Alibi. Er blieb dabei, er sei auf einer Sauftour gewesen, mit dieser Frau, die er da hat, in der Nacht, als es passiert ist. Und sie war nicht davon abzubringen, die Geschichte zu bestätigen. Es war gar nicht leicht, die Wahrheit aus ihr herauszukriegen, aber schließlich haben wir's geschafft. Können Sie sich vorstellen, daß eine für so einen Kerl lügt?«

»Du kannst nicht dein Leben lang ein kleines Mädchen sein«, dachte Julia.

»Wir sind da, Mrs. Barton«, sagte der Leutnant.

Der Wagen hatte vor einem Seiteneingang des Präsidiums gehalten, und Tom stieß sie durch die Tür, gerade noch vor den Männern mit den Kameras, die sich auf sie stürzten, ihren Namen riefen und gegen die Tür hämmerten, als man sie vor ihnen schloß. Sie umklammerte Toms Hand, als der Leutnant sie durch lange Anstalts-Korridore führte. Mehrere Männer schlossen sich an, fielen in den gleichen Schritt und marschierten mit ihnen bis zu einer Tür, an der Dahl wartete.

Dahl sagte: »Die ganze Sache dauert nur eine Minute, Mrs. Barton, und dann haben wir's hinter uns. Alles, was Sie zu tun haben, ist, sich den Mann anzusehen und ja oder nein zu sagen. Weiter nichts. Und es ist so arrangiert, daß er Sie auf keinen Fall sehen kann. Sie haben überhaupt nichts von ihm zu befürchten. Verstehen Sie mich?«

»Ja«, sagte Julia.

Wieder saß sie zwischen Tom und Leutnant Christensen. Die Plattform vor ihr war strahlend hell erleuchtet, alles andere lag im Dunkel. Überall um Julia herum bewegten sich Männer unruhig in der Dunkelheit; einer hustete, und plötzlich erschien Dahls Silhouette – das eckige Profil, die schmalen Schultern – schwarz und wie gestochen vor der erleuchteten Plattform. Die Silhouette verschwand, als Dahl sich auf einen Platz vor Julia setzte.

Julias Atem wurde immer flacher. Sie hatte das Gefühl, als sei es unmöglich, aus dem stickigen Dunkel genügend frische Luft in ihre Lungen zu bekommen. Sie zwang sich, tiefer zu atmen, und zählte dabei, wie sie es in der Gymnastik-Stunde in der Schule gemacht hatten: Einatmen-zwei-drei-vier. Ausatmen-zwei-drei-vier...

In der Nähe wurde eine Tür zugeschlagen. Drei Männer stiegen auf die erleuchtete Plattform und stellten sich – mit dem Gesicht ihr zugewandt – auf. Zwei davon waren uniformierte Polizisten. Der dritte Mann, den die beiden in die Mitte genommen hatten, überragte sie, groß und leichenblaß. Er hatte einen zerrissenen Sweater und schmutzige Hosen an. Sein Gesicht war schlaff. Mit einer verlorenen Geste fuhr er sich mit der riesigen Hand um den Mund, immer hin und her. Julia versuchte den Blick abzuwenden von dieser Hand, aber sie konnte es nicht. Hin und her fuhr die Hand und hypnotisierte sie mit ihrer blinden, tastenden Bewegung.

Einer der Polizisten hielt ein Stück Papier hoch.

»Charles Brunner«, las er laut. »Alter einundvierzig. Vorbestraft wegen...« und so weiter und so weiter, bis auf einmal Stille eintrat. Aber die Hand bewegte sich weiter hin und her, wuchs ins Ungeheure, und Julia wußte, als handele es sich um jemand ganz anders, daß sie gleich ohnmächtig werden würde. Sie schwankte vornüber, ihr Kopf neigte sich, und etwas Kaltes und Hartes wurde ihr unter die Nase gehalten. Der Geruch von Ammoniak-Salz

stach ihr in die Nase, und sie wand sich und schnappte nach Luft. Als ihr der Leutnant die Riechflasche von neuem entgegenhielt, wehrte Julia schwach ab.
»Es geht schon wieder«, sagte sie.
»Aber es war doch ein Schock, ihn zu sehen, nicht?«
»Ja.«
»Weil Sie ihn wiedererkannt haben, nicht wahr?«
Sie fragte sich zweifelnd, ob es deshalb gewesen sei. »Ich bin nicht sicher.«
Dahl beugte sich über sie. »Das kann nicht Ihr Ernst sein, Mrs. Barton! Sie haben mir Ihr Wort gegeben, daß Sie ihn erkennen, wenn Sie ihn wiedersehen. Warum machen Sie jetzt einen Rückzieher? Wovor fürchten Sie sich?«
»Ich fürchte mich nicht.«
»Doch, das tun Sie. Sie sind beinahe in Ohnmacht gefallen, als Sie ihn sahen, so war's doch! Denn sosehr Sie auch versucht haben, ihn aus Ihrem Gedächtnis zu streichen, Ihre Gefühle haben das nicht zugelassen. Diese Gefühle sagen die Wahrheit, ist es nicht so?«
»Ich weiß es nicht.«
»Dann sehen Sie sich ihn noch einmal an und passen Sie auf, was geschieht. Los, sehen Sie sich ihn gut an!«
Leutnant Christensen sagte: »Mrs. Barton, wenn Sie uns jetzt im Stich lassen, dann werden Sie selber rausgehen müssen und den Zeitungsleuten das sagen. Die sind wie die Wölfe hinter uns her gewesen in der Sache, und einmal im Leben möchte ich, daß sie erfahren, gegen was wir hier angehen müssen!«
Toms Finger gruben sich in ihre Schultern. »Ich verstehe dich nicht, Julia«, sagte er. »Warum kommst du nicht heraus mit der Sprache? Es ist doch der Mann, nicht wahr?«
»Ja!« sagte sie und hielt sich die Hände vor die Ohren, um die zornigen, verhaßten Stimmen auszuschließen, die sie aus der Dunkelheit anschrien. »Ja! Ja!«
»Gott sei Dank«, sagte Leutnant Christensen.
Da bewegte sich Tom. Er stand auf. In seiner Hand glänzte etwas metallisch, und Julia schrie auf, als der Mann hinter ihr sich darauf stürzte. Plötzlich überflutete Licht den Raum. Stühle polterten zu Boden, und von allen Seiten warfen sich Männer auf Tom. Hin

und her wogte das Handgemenge, aber als es sich schließlich der Plattform näherte, stand niemand mehr darauf. Und Tom ging – unter dem Gewicht so vieler Körper – zu Boden.
Zwei Männer, die aussahen, als wollten sie Tom um Entschuldigung bitten, stellten ihn wieder auf die Füße, aber sie hielten seine Arme noch immer umklammert. Ein Dritter reichte Leutnant Christensen den Revolver, und Tom senkte den Kopf. Er war zerzaust und atmete schwer, aber er schien seltsam ruhig.
»Ich hätte den gerne wieder, wenn es Ihnen nichts ausmacht«, sagte er.
»Es macht mir aber was aus«, sagte der Leutnant. Er öffnete den Revolver, ließ die Patronen in seine Hand gleiten, und Julia, zitternd vor Erleichterung, sah, wie er Revolver und Patronen in seine eigene Tasche schob. »Mr. Barton, Sie sind jetzt in einer Verfassung, daß Sie's nicht mal bestreiten würden, wenn ich Sie wegen versuchten Mordes anklagen würde, nicht wahr?«
»Ich würd's nicht bestreiten.«
»Na, was hab' ich gesagt? Aber warum regen Sie sich nicht ab und überlassen uns die Arbeit. Wir haben's doch ganz gut gemacht bis jetzt, nicht wahr? Und wenn Mrs. Barton bei der Verhandlung ihre Zeugenaussage gemacht hat, ist Brunner so gut wie tot, und Sie können alles, was ihn betrifft, vergessen.« Der Leutnant sah Julia an. »Das klingt doch vernünftig, finden Sie nicht auch?«
»Ja«, flüsterte Julia wie ein Gebet.
Tom lächelte. »Ich möchte meinen Revolver, wenn Sie nichts dagegen haben.«
Der Leutnant stand einen Augenblick sprachlos da und legte dann die Hand auf die Tasche, in der der Revolver war, als wolle er sich überzeugen, daß er noch da sei. »Ein andermal«, sagte er mit Entschiedenheit.
Die Männer, die Tom festhielten, ließen ihn los, und er taumelte vorwärts und griff, Halt suchend, nach ihnen. Sein Gesicht war plötzlich totenbleich, aber das Lächeln war noch immer darin, wie festgeklebt, als er sich an den Leutnant wandte.
»Sie sollten vielleicht einen Arzt rufen«, sagte er freundlich, »ich glaube, Ihre verdammten Gorillas haben mir das Bein gebrochen.«

In der Zeit, als er im Krankenhaus lag, war er unendlich schweigsam und in sich gekehrt. Am Tag, als er auf eigenes Bestreben nach Hause gebracht wurde, das Bein noch unbeweglich in Gips vom Knöchel zum Knie, hatte Dr. Vaughn eine lange Unterredung mit ihm allein, hinter den geschlossenen Türen des Wohnzimmers. Der Doktor mußte ziemlich offen und eindringlich gesprochen haben, denn als er gegangen war und Julia sich ein Herz gefaßt hatte und ins Wohnzimmer kam, sah sie, daß ihr Mann sie mit dem Blick eines Menschen betrachtete, dem man eben eine Dosis bitterer Medizin eingetrichtert hatte und der noch nicht ganz genau wußte, ob ihm das nun guttun würde oder nicht.
Dann zeigte er auf den Sitz neben ihm. »Da ist gerade genug Platz für dich und mich und dieses Bein«, sagte er.
Sie setzte sich gehorsam hin und faltete die Hände im Schoß.
»Vaughn hat sich ein paar Sachen vom Herzen geredet«, sagte Tom hastig. »Ich bin froh, daß er's getan hat. Du hast Scheußliches durchgemacht, und an mir hast du überhaupt keine Hilfe gehabt, nicht wahr? Ich hab' alles nur noch schlimmer gemacht. Ich hab' mich auch selber belogen und mir immer eingeredet, alles, was ich getan habe, seit es passiert ist, sei nur für dich geschehen. Dabei waren meine eigenen Gefühle das einzige, was mich wirklich interessiert hat. So ist es doch?«
»Ich weiß nicht«, sagte Julia, »und es ist mir auch egal. Es macht überhaupt nichts, solange du mit mir darüber sprichst. Das einzige, was ich nicht ertrage, ist, wenn du nicht mit mir redest.«
»War's so schlimm?«
»Ja.«
»Aber du verstehst doch, warum, nicht wahr? Irgend etwas hat innerlich an mir gefressen. Aber jetzt ist es vorbei. Ich schwöre, daß es vorbei ist. Du glaubst mir doch, Julia?«
Sie zögerte. »Ja.«
»Ich kann gar nicht sehen, ob du das ernst meinst oder nicht, mit deiner dunklen Brille. Nimm sie ab und laß sehen.«
Julia hob die Brille hoch, und er studierte ernsthaft ihr Gesicht. »Ich glaube, du meinst es ernst«, sagte er. »Ein so hübsches Gesicht kann auf keinen Fall lügen. Aber warum trägst du das Ding immer noch? Es ist doch nichts mehr zu sehen von deinen Verletzungen.«

Sie ließ die Brille wieder vor die Augen gleiten, und schon wurde die Welt wieder vertraut, voll beruhigender Schatten.
»Ich mag sie eben«, sagte sie, »ich hab' mich an sie gewöhnt.«
»Na gut, wenn der Doktor nichts dagegen hat, mich stört's nicht. Aber wenn du sie etwa tragen solltest, um damit exotisch und gefährlich auszusehen, dann kannst du's aufgeben. Du siehst viel zu sehr wie die süße kleine Alice im Wunderland aus, das kannst du nicht ändern.«
Sie lächelte. »Ich zittere aber nicht vor Angst, wenn du die Stirn runzelst. Wirklich nicht.«
»O doch, das tust du, aber ich mag das. Du bist genauso, wie die süße kleine Alice gewesen sein muß. Keusch, das ist das richtige Wort, keusch. Meine Frau ist die einzige keusche Ehefrau auf der Welt. Nachgiebig, und doch kühl und zurückhaltend. Eine liebliche Dame in Cellophan verpackt. Weshalb bist du eigentlich nicht Nonne geworden?«
Sie wußte, daß man es ihr ansehen konnte, wie sie vor Glück strahlte. Es war schon so lange her, daß sie ihn in solcher Stimmung gesehen hatte. »Um ein Haar wäre ich Nonne geworden. Als ich noch in die Schule ging, habe ich sehr viel darüber nachgedacht. Und dann kannte ich ja auch dieses Mädchen – ach, sie war wirklich ein wunderbarer Mensch, und sie hatte sich schon fest dazu entschlossen. Ich glaube, ich hatte die Idee von ihr.«
»Und dann, was passierte dann?«
»Du weißt doch, was passiert ist.«
»Ach ja, jetzt fällt mir alles wieder ein. Du gingst zu deinem ersten Tanzabend im Country-Club. Du hattest ein wunderschönes weißes Kleid an und Sternschnuppen in den Haaren.«
»Das waren Pailletten.«
»Nein, Sternschnuppen. Und ich sah dich. Und dann waren wir auch schon auf der Hochzeitsreise in Mexiko.« Mit hartem Arm umschloß er ihre Taille. Sie schmiegte sich an ihn. »Julia, wenn dieser ganze häßliche Traum vorbei ist, gehen wir noch einmal hin. Wir packen alles in den Wagen und fahren im Süden über die Grenze. Und wir vergessen alles. Würde dir das nicht gefallen?«
»Sehr.« Sie sah hoffnungsvoll zu ihm auf, den Kopf an seine Schulter gelehnt. »Aber keine Stierkämpfe, bitte. Diesmal nicht.«

Er lachte. »Meinetwegen. Wenn ich beim Stierkampf bin, schaust du dir die Sehenswürdigkeiten an. Die übrige Zeit sind wir zusammen. Jedesmal, wenn ich mich umschaue, will ich sehen, daß du da bist. Nicht weiter weg als so. Das heißt, wenn ich meine Hand ausstrecke, mußt du da sein, immer. Ist das klar?«

»Ich werde da sein«, sagte sie.

Sie hatte ihn wiedergefunden, davon war sie überzeugt. Und mit Hilfe dieser Gewißheit versuchte sie ihre Zweifel abzuschütteln, wenn immer sie an Brunner dachte und an die drohende Verhandlung. Aber zu Tom sprach sie nie davon, und sie merkte allmählich, daß eine Art Verschwörung alle verband, die das Haus betraten – ihre Familie und ihre Freunde, den Doktor, ja selbst Fremde, die mit Tom geschäftlich zu tun hatten –, eine Verschwörung, die jede Erwähnung des Themas Brunner verbot. Bis dann eines Abends die Türglocke läutete. Sie hatte Tom gerade durch gutes Zureden zum Einschlafen gebracht, und die Glocke läutete wieder und wieder mit einer Ausdauer, die einen verrückt machen konnte.

Julia schaute durchs Guckloch und sah, daß der Mann, der draußen stand, mittleren Alters war und müde zu sein schien, und er trug eine abgeschabte lederne Tasche unter dem Arm. Verärgert über die Störung, öffnete Julia die Tür und sagte: »Bitte, tun Sie das nicht. Meinem Mann geht es nicht gut, und er schläft. Und außerdem brauchen wir nichts.«

Der Mann ging an ihr vorbei in die Diele, ehe sie ihn aufhalten konnte. Er nahm seinen Hut ab und wandte sich ihr zu. »Ich bin kein Vertreter, Mrs. Barton. Mein Name ist Karlweiß, Dr. Lewis Karlweiß. Ist er Ihnen bekannt?«

»Nein.«

»Er sollte Ihnen bekannt sein. Bis um drei Uhr heute nachmittag war ich Leiter der Städtischen Krankenanstalt für Geistesgestörte. Im Augenblick bin ich ein Mann ohne Job und mit einem sehr ramponierten Ruf. Und ich bin so verärgert und so erschrocken darüber, Mrs. Barton, daß ich entschlossen bin, etwas dagegen zu unternehmen. Und deshalb bin ich hier.«

»Ich sehe nicht ein, was das mit mir zu tun hat.«

»Das kommt noch. Vor zwei Jahren war Charles Brunner in meiner Anstalt untergebracht, unter meiner Pflege, und nach der Be-

handlung wurde er auf meine Fürsprache hin entlassen. Verstehen Sie jetzt? Ich bin amtlich dafür verantwortlich, daß er auf Sie losgelassen wurde. Ich habe das Gutachten unterschrieben, das bestätigt, daß er – obwohl gemütskrank – doch bestimmt nicht gefährlich sei. Und heute nachmittag hat man mir dieses Gutachten an den Kopf geworfen – eine Bande von ignoranten Politikern, die darauf aus sind, aus diesem Fall Kapital zu schlagen.«
Julia sagte ungläubig: »Und nun möchten Sie, daß ich hingehe und denen sage, daß sie im Unrecht sind. Meinen Sie das?«
»Nur, wenn Sie wissen, daß sie wirklich im Unrecht sind, Mrs. Barton. Ich verlange nicht, daß Sie für mich einen Meineid schwören. Ich weiß nicht einmal, ob ich überhaupt nach dem Gesetz das Recht habe, hierherzukommen, und ich möchte bestimmt nicht in noch mehr Unannehmlichkeiten geraten, als ich es ohnehin schon bin.« Karlweiß sah über Julias Schulter hinweg in das Wohnzimmer und wechselte seine Aktentasche von einem Arm unter den andern. »Könnten wir die Unterhaltung nicht im Sitzen führen? Es gibt noch eine Menge zu sagen.«
»Nein.«
»Nun gut, dann werde ich es eben hier sagen, und ich will's kurz machen und gleich zur Sache kommen. Mrs. Barton, ich weiß mehr über Charles Brunner als irgend jemand sonst auf der Welt. Ich weiß mehr über ihn, als er selber über sich weiß. Und deshalb ist es so schwer für mich zu glauben, daß Sie den richtigen Mann identifiziert haben!«
Julia sagte: »Ich will nichts darüber hören. Wollen Sie bitte gehen!«
»Nein, das will ich nicht«, erwiderte Karlweiß hitzig. »Ich bestehe darauf, gehört zu werden. Sehen Sie, Mrs. Barton, alles, was Brunner tut, paßt in ein bestimmtes Schema. Es ist ein Schema von Schwäche, eine andauernde Bestätigung seines Versagens. Brunner ist nicht imstande, seine volle Männlichkeit zu entwikkeln. Aber was man ihm jetzt vorwirft, paßt überhaupt nicht in dieses Schema. Diese Tat war ein Beispiel brutaler Männlichkeit, die Tat einer aggressiven und sadistischen Person. Es war die Reaktion von jemand, der emotionelle und körperliche Entspannung nur durch Gewalt erreicht. Das ist das Geheimnis eines solchen Menschen – das Verlangen nach Gewalt. Nicht Sinnlichkeit, wie

die Viktorianer gepredigt haben, aber das Verlangen nach Entspannung durch Gewalt. Und dies ist ein Verlangen, das Brunner völlig fremd ist. Es existiert überhaupt nicht für ihn. Es ist eine Krankheit, aber es ist nicht *seine* Krankheit. Sehen Sie nun, warum Ihre Identifizierung mich und meine Mitarbeiter im Krankenhaus so schwer getroffen hat? Wir wissen noch nicht allzuviel über die meisten Dinge auf diesem Gebiet – ich bin der letzte, der das nicht zugibt –, aber in einigen Fällen war es uns möglich, die Verhaltensmuster eines Patienten so akkurat auszuarbeiten wie eine mathematische Gleichung. Ich war der Meinung, das sei uns im Falle Brunner gelungen. Ich wäre immer noch dieser Meinung, wenn Sie ihn nicht identifiziert hätten. Deshalb bin ich hier. Ich wollte Sie kennenlernen. Ich wollte von Ihnen selber hören, ob da nicht doch ein Zweifel darüber besteht, daß Brunner der Mann ist. Wenn nämlich einer besteht...«

»Es gibt keinen.«

»Aber wenn nur das Geringste da wäre«, flehte Karlweiß, »ich würde einen Eid darauf schwören, daß Brunner unschuldig ist. Es wäre auf diese Weise alles viel verständlicher. Wenn es also auch nur den Schatten eines Zweifels geben sollte...«

»Es gibt keinen.«

»Julia!« rief Tom aus dem Schlafzimmer. »Wer ist da?«

Panik ergriff sie. Alles, was sie sich in diesem Augenblick vorstellen konnte war, wie Brunner die Stufen vom Gefängnis zur Straße hinuntersteigen würde, wie er dastehen würde, geblendet vom Sonnenlicht, während Tom, der ihm gegenüber stand, langsam seinen Revolver aus der Tasche zog. Sie packte Karlweiß am Ärmel und zerrte ihn beinahe zur Tür. »Bitte, gehen Sie fort!« flüsterte sie heftig. »Ich kann Ihnen nicht mehr sagen. Bitte, gehen Sie fort!«

Sie schloß die Tür hinter ihm, lehnte sich dann dagegen. Die Knie zitterten ihr.

»Julia, wer ist das?« rief Tom. »Mit wem redest du?«

Sie faßte sich und ging ins Schlafzimmer. »Es war ein Vertreter«, sagte sie, »er wollte uns eine Versicherung aufschwätzen. Ich hab' ihm gesagt, daß wir keine brauchen.«

»Du weißt, ich will nicht, daß du jedem Fremden die Tür aufmachst«, sagte Tom. »Warum mußt du auch so was tun?« Julia zwang sich zu lächeln. »Der war absolut harmlos«, sagte sie.

Aber der Schrecken hatte jetzt Fuß gefaßt in ihr – und er wuchs. Viele Dinge gaben ihm Nahrung: Die Vorladung vor Gericht von Dahl, die Tom in seine Kommodenschublade zum Aufheben gelegt hatte, und die jedesmal, wenn sie die Schublade öffnete, um ihm etwas herauszugeben, groß und breit dalag; der rote Kreis, der auf dem Kalender in der Küche um den Tag der Verhandlung gemalt war, und zu dem eine Reihe schwarzer Kreuzchen hinführte, jeden Tag ein Stückchen näher; und dann dieses Bild, das ihr immer vor Augen stand – es mochte unterschiedlich anfangen: Brunner, der die Gefängnisstufen hinuntersteigt, oder Brunner, der den Gerichtssaal betritt, oder Brunner in dem dumpfigen Keller, den sie als seine natürliche Behausung ansah, aber zum Schluß geschah immer dasselbe: Brunner, der dastand und dumm blinzelte, während seine Hand über seinen Mund hin und her strich, und Tom ihm gegenüber, wie er langsam den Revolver aus seiner Tasche zog; und der Lauf des Revolvers glänzte, als er sich genau auf Brunners Brust richtete...

Und dann, als Dr. Vaughn die Krücken für Tom brachte, wurde dieses Bild deutlicher. Julia konnte die Krücken vom ersten Augenblick an nicht ausstehen. Den harten Druck von Toms Arm auf ihren Schultern hatte sie gerne ausgehalten, sein Gewicht, das sie niederdrückte, wenn er – vom Gipsverband gefesselt – von einem Zimmer ins andere humpelte, hatte ihr nichts ausgemacht. Sie wußte, der Gips war eine Fessel, die ihn ans Haus band. Er quälte sich ab damit und schimpfte fortwährend darüber, als ob ihn das auf irgendeine Weise davon befreien könnte. Die Krücken aber waren eine Befreiung. Sie würden ihn hinführen zu Brunner, wo auch immer der war.

Sie sah ihm zu, als er am Abend den Gebrauch der Krücken übte. Er ging nicht, er versuchte nur, sich mit ihnen zu stützen und das Gleichgewicht zu halten. Und dann half sie ihm beim Hinsetzen auf die Couch, das Gipsbein von einer Fußbank gestützt.

Er sagte: »Julia, du hast keine Ahnung, wie satt man das kriegen kann, immer im Pyjama und im Morgenrock herumzusitzen. Aber es wird ja jetzt nicht mehr lange dauern, meinst du nicht auch?«

»Nein, nicht mehr lange.«

»Dabei fällt mir ein, du solltest meine Sachen morgen zum Aufbügeln geben. Der Schneider ist immer so langsam, und ich möchte, daß alles fertig ist, wenn ich wieder auf den Beinen bin.«

»Schon gut«, sagte Julia. Sie ging zum Schrank in der Diele und kam mit einem Arm voller Sachen wieder, die sie über die Rücklehne eines Sessels breitete. Mechanisch durchsuchte sie die Taschen einer Jacke, als Tom sagte: »Komm her, Julia.«

Er faßte nach ihrer Hand, als sie vor ihm stand. »Du hast doch etwas auf dem Herzen«, sagte er. »Was ist es?«

»Nichts.«

»Du hast noch nie gut lügen können. Was ist passiert, Julia?«

»Wirklich nichts.«

»Na schön. Wenn du nicht willst.« Er ließ ihre Hand los, und sie ging wieder daran, die Anzüge und Mäntel auf dem Sessel für den Schneider zurechtzulegen. Sie war ganz krank bei dem Gedanken, daß er sie durchschaute, daß er genau wußte, was sie dachte, und daß er sie dafür hassen müsse. Sie legte die Jacke beiseite und nahm den Auto-Mantel vor, den er nur zum Fahren anzog. Was bedeutet, dachte sie mit einem leichten Schauder der Erkenntnis, daß er ihn nicht mehr angehabt hatte seit *jener* Nacht. Sie zog die Handschuhe aus der Tasche und warf den Mantel auf die Jacke.

»Diese Handschuhe«, sagte sie und wollte sie ihm zeigen, »woher...?«

Diese Handschuhe, hallte es wider in ihr. Diese Handschuhe, rief es leiser noch einmal, und diese Handschuhe, diese Handschuhe, tönte es immer schwächer, bis nichts mehr blieb als tödliches Schweigen.

Und ein Handschuh.

Ein grauer Wildlederhandschuh, verklumpt und verkrustet, mit dunkelbraunen Flecken. Der Mittelfinger zerbissen und zerrissen. Und der bittere Geschmack davon in ihrem Mund. Der, dem er gehörte, saß auf der Couch, ein Fremder, streckte seine Hand aus und sagte irgend etwas.

»Gib sie mir, Julia«, sagte Tom.

Sie sah ihn an, und sie wußte, daß es nun keine Geheimnisse mehr zwischen ihnen gab. Sie sah zu, wie ihm der Schweiß ausbrach und über sein blutleeres Gesicht rann. Sie sah zu, wie seine Zähne sichtbar wurden und seine Augen hervortraten, als er versuchte, aufzustehen. Er schaffte es nicht und fiel keuchend zurück.

»Hör zu, Julia«, sagte er. »Jetzt hör mal zu und nimm dich zusammen.«
»Du«, sagte sie wie betrunken. »Du warst es.«
»Julia, ich liebe dich!«
»Aber du warst es! Das ist doch Wahnsinn! Ich begreife es nicht!«
»Ich weiß. Eben weil es wahnsinnig war. Das genau war es, ich war eine Minute lang wahnsinnig. Ich war überarbeitet. Da war diese geschäftliche Angelegenheit. Ich habe mich halb totgeschuftet, um sie durchzukriegen, und an diesem Abend, als sie mir sagten, daß es doch nichts werden würde, da weiß ich nicht, was passiert ist. Ich habe mich betrunken, und als ich heimkam, konnte ich den Schlüssel nicht finden. Da bin ich durchs Fenster gestiegen. Und da muß es passiert sein. Ich weiß nicht, was es war, aber irgendwas in mir ist explodiert. Irgendwas in meinem Kopf. Ich sah dich daliegen, und alles, was ich tun wollte, war... ich sage dir, ich weiß selber nicht warum. *Frag* mich nicht, warum. Ich war überarbeitet, das war's. Das passiert heute jedem. Überall liest man davon. Das weißt du doch auch, Julia. Du mußt die Sache vernünftig betrachten.«
Julia flüsterte: »Wenn du mir doch gesagt hättest, daß du es warst. Wenn du mir's doch bloß gesagt hättest! Aber das hast du nicht getan.«
»Weil ich dich liebe!«
»Nein, aber du wußtest, wie mir zumute war, und das hast du gegen mich verwandt. Du hast mich gezwungen zu sagen, daß es Brunner war. Alles, was du seither mit mir gemacht hast, hatte nur den einen Zweck. Ich sollte es sagen, immer und immer wieder sagen, daß es Brunner war. Bis ich ihn damit getötet hätte. Du hast in Wahrheit nie versucht, ihn zu töten. Du wußtest, ich würde es für dich tun. Und ich hätte es getan!«
»Julia, Julia, wer kümmert sich schon um Brunner? Du hast doch gesehen, wie er ist. Er ist ein heruntergekommener Kerl. Er taugt nichts. Der ganzen Welt ist wohler, wenn sie Leute wie ihn loswird.«
Sie schüttelte heftig den Kopf. »Aber du wußtest, daß er es nicht getan hat! Warum konntest du's nicht dabei lassen, daß dies hier einer von den Fällen war, die nie geklärt werden?«

»Weil ich nicht sicher war! Alle Welt behauptete immer wieder, nur der Schock sei schuld, daß du nichts mehr wüßtest. Sie sagten, wenn du dir nur richtig Mühe gibst, dann fällt es dir wieder ein. Wenn also Brunner... ich meine, auf diese Weise wäre alles klar gewesen! Du hättest nie mehr daran denken müssen!«

Sie sah, daß er sie berühren konnte, wenn er sich weit genug vorlehnen würde, und sie trat einen Schritt zurück und wunderte sich, daß sie die Kraft dazu hatte.

»Wo gehst du hin?« sagte Tom. »Sei kein Narr, Julia. Niemand wird dir glauben. Denk über alles nach, was gesagt und getan worden ist, und du wirst einsehen, daß niemand auch nur ein Interesse daran hat, dir zu glauben. Sie werden sagen, daß du übergeschnappt bist!«

Sie zögerte. Und dann begriff sie mit Entsetzen, daß sie nahe daran war, wieder einmal ihrer Angst nachzugeben und sich zu verstekken. »Sie werden mir glauben!« schrie sie und rannte blindlings aus dem Haus. Sie lief schluchzend, stolperte, als sie den Bürgersteig erreichte, und fiel auf Hände und Knie. Als sie wieder aufstand, spürte sie ein Stechen im zerschundenen Knie, aber sie taumelte weiter, die dunkle Straße entlang. Erst in einiger Entfernung blieb sie stehen, ihr Herz hämmerte, ihre Füße konnten sie kaum noch tragen, und sie sah zurück zum Haus. Es war nicht mehr ihr Haus. Nur noch seines.

Er – und alle andern – hatte sie zur Lügnerin gemacht, zu einer Komplicin, jeder von ihnen hatte seine eigenen Gründe dafür, aber sie, in all ihrer Schwäche, hatte es geschehen lassen. Es war eine gräßliche Schwäche, dachte sie gequält, dieses Bedürfnis, es allen recht zu machen; diese Bereitschaft, immer ja zu sagen. Es war, als ob man sich immerfort hinter dunklen Brillengläsern versteckte, als ob es einem nichts ausmachte, daß die Welt, die man dadurch sah, gar nicht die Welt war, die man mit bloßem Auge erkannte.

Sie wandte sich ab und floh. Den Lichtern, den Menschen entgegen. Die Brille hatte sie fortgeworfen. Da lag sie nun, auf der Straße, und der Nachtwind blies den Staub durch ihr zerbrochenes Gestell.

Kriminalromane

Eine Auswahl

Simon Brett

Der dreizehnte Killer
Band 8269

Dunkelmänner haben keine Schatten
Band 8183

Komödianten lachen laut und sterben leise
Ein Fall für Charles Paris
Band 8208

Mord stand nicht im Textbuch
Band 8169

Spekulanten spaßen nicht
Ein Fall für Charles Paris
Band 8158

Martine Carton

Apollo und Die Gaukler
Band 8068

Hera und Die Monetenkratzer
Band 8141

Martina oder Jan-Kees verliert seinen Kopf
Band 8113

Medusa und Die grünen Witwen
Band 8023

Nofretete und Die Reisenden einer Kreuzfahrt
Band 8038

Samson und Die Rasta-Männer
Band 8137

Victoria und Die Ölscheiche
Band 8067

Anthea Cohen

Carmichaels kleines Glück
Band 8232

Engel tötet man nicht
Band 8209

Alain Demouzon

Bleierner Sommer
Band 8211

Monsieur Abel und der Fall Raguenaud
Band 8188

Mouche
Band 8170

Jan Flieger

Tatort Teufelsauge
Band 8285

Fischer Taschenbuch Verlag

fi 503 / 4a

Kriminalromane

Eine Auswahl

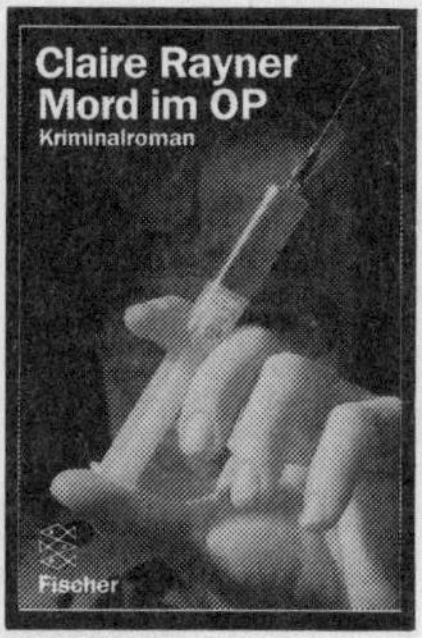

Stanley Ellin
Das Kartenhaus
Band 8114
Die geordnete Welt des Mr. Appleby
Band 8286
Tod am Weihnachtsabend
Band 8267

James Grady
Der Schatten des Condor
Band 2608
Die 6 Tage des Condor
Band 8116

Søren Jakobsen
Die Marmortaube
Band 8152
Der radioaktive Mann
Band 8151

Roderich Klett
Der Tod kam live
Band 8174

Seicho Matsumoto
Mord am Amagi-Paß
Band 8186
Spiel mit dem Fahrplan
Band 8230

Mirjam Pressler
Mit 64 stirbt man nicht
Band 8134

Claire Rayner
Das Haus im Fenn
Band 8117
Mord im OP
Band 8118

Robert Roden
Gargano
Band 8200
Marut
Band 8268

Gerhard Scherfling
Wer zuviel weiß, muß sterben
Band 8266

Tödliche Beziehungen
Kriminalerzählungen
Band 8206

Ein seltener Fall von Witwenverbrennung
Kriminalerzählungen
Band 8207

Bari Wood
Zwillinge
Band 8003

Fischer Taschenbuch Verlag

fi 503/3b

Catherine Gaskin

Alles andere ist Torheit
Roman
Band 8244

Band 8244

Denn das Leben ist Liebe
Roman
Band 2513

Die englische Erbschaft
Roman
Band 2408

Der Fall Devlin
Roman
Band 2511

Wie Sand am Meer
Roman
Band 2435

Das grünäugige Mädchen
Roman
Band 1957

Im Schatten ihrer Männer
Roman
Band 8245

Fischer Taschenbuch Verlag

fi 255/4

Victoria Holt

Die Braut von Pendorric
Roman. 400 S. Geb.

Die geheime Frau
Roman. 368 S. Leinen

Die Königin gibt Rechenschaft
Roman. 520 S. Leinen

Die siebente Jungfrau
Roman. 416 S. Geb.

Herrin auf Mellyn
Roman. 272 S. Geb. und Fischer Taschenbuch Band 2469

Königsthron und Guillotine
Das Schicksal der Marie Antoinette
Roman. Fischer Taschenbuch Band 8221

Harriet – sanfte Siegerin
Roman. Fischer Taschenbuch Band 2403

Band 2403

Im Schatten des Luchses
Roman. 456 S. Geb. und Fischer Taschenbuch Band 2423

Treibsand
Roman. 392 S. Leinen und Fischer Taschenbuch Band 1671

Wolfgang Krüger
Fischer Taschenbuch Verlag

fi 252/6

Roger Borniche

Roger Borniche, geboren 1919, trat 1944 in den Polizeidienst ein. In seinen zwanzig Dienstjahren hat der erfolgreichste Kriminalinspektor Frankreichs den Rekord von 547 Festnahmen gesuchter Gangster zu verbuchen. In seinen spannenden Romanen fesselt der schreibgewandte Autor mit Fällen aus der eigenen Praxis.

»Realität von der ersten bis zur letzten Seite.
Das Aufregenste, was ich seit langem gelesen habe.«
Jürgen Roland

Duell in sechs Runden
Kriminalroman. Band 1883

Pierrot le Fou ist nicht zu fassen
Kriminalroman. Band 2601

Tatort Côte d' Azur
Kriminalroman. Band 2619

Der Spitzel
Kriminalroman. Band 8061

Fischer Taschenbuch Verlag

fi 262/4

Jürgen und Marita Alberts

Entführt in der Toskana

Kriminalroman

Band 8284

Während Clas Lutter, Journalist der »Schwäbischen Nachrichten« aus Tübingen, im Urlaub mit Freunden den Palio, das traditionelle Pferderennen in Siena, verfolgt, verschwindet der Bruder seines Chefs, Josef Bock, spurlos aus einer Villa in der Toskana. Die Polizei tippt auf die Brigate rosse oder sardische Banditen.
Die mutmaßlichen Entführer schweigen. Clas Lutter recherchiert auf eigene Faust. Unterdessen gelingt es dem Bruder des Entführten, Franz Bock, Chef eines Medienkonzerns, mit Hilfe seines italienischen Generalbevollmächtigten aus Rom, Kontakt zu den Entführern aufzunehmen. Der Roman entwirft, an wechselnden Schauplätzen, Szenerien und Personal einer spektakulären Entführung und zeigt zugleich, wie ein Konzernchef, der mit der Funktionsweise der Medien vertraut ist, sich der Öffentlichkeit bedient, um seine ureigenen Interessen durchzusetzen – und dabei Opfer seiner eigenen Strategie wird.
Siena, Lucca, Florenz und das Urlaubsland Toskana bilden den farbigen Schauplatz dieser bis zur letzten Seite spannenden Entführungsgeschichte.

Fischer Taschenbuch Verlag

fi 702/1